# チベット鉄道殺人事件

杜 あきら

郁朋社

# チベット鉄道殺人事件

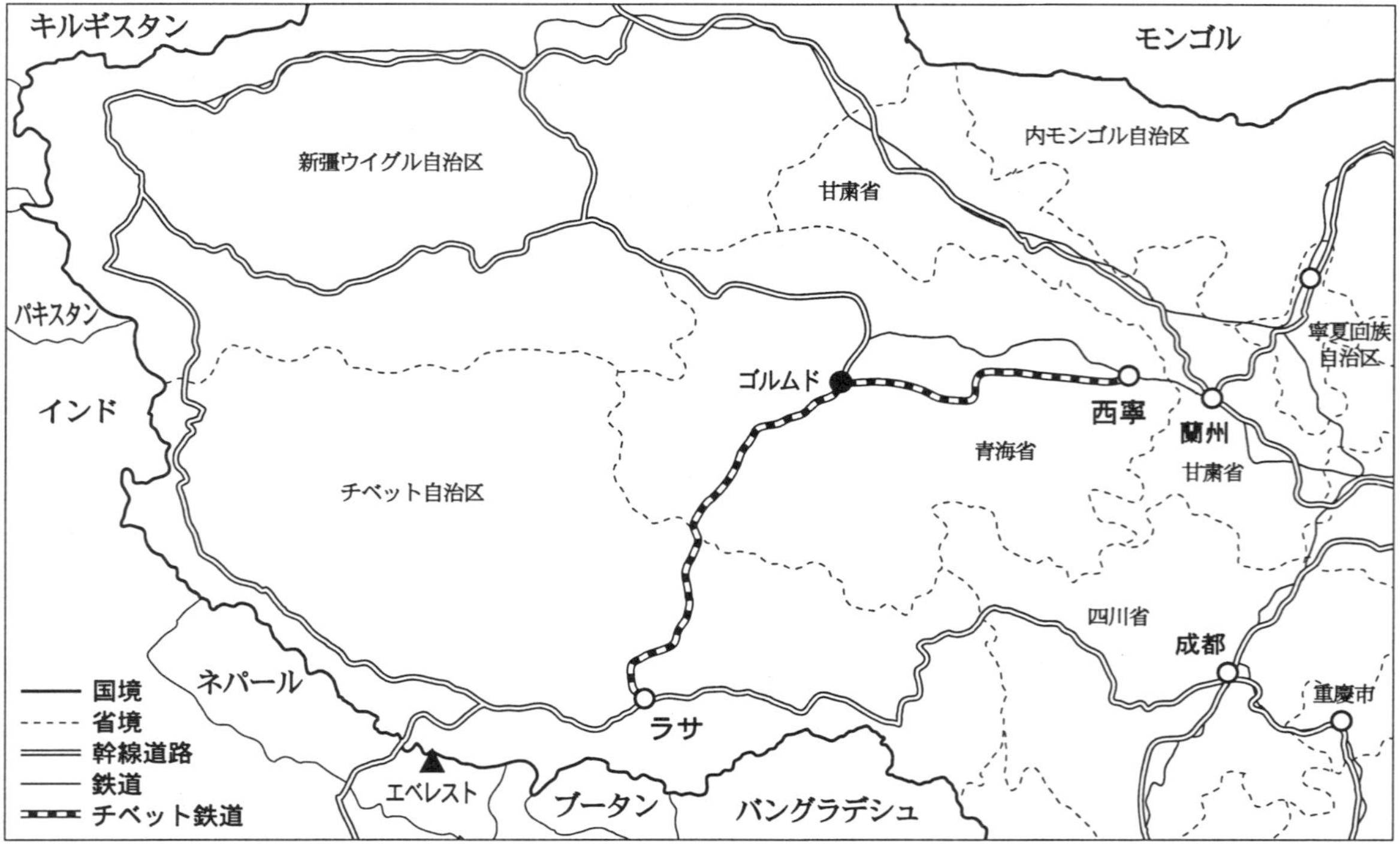

キルギスタン
モンゴル
内モンゴル自治区
新疆ウイグル自治区
甘粛省
パキスタン
寧夏回族
自治区
ゴルムド
西寧
蘭州
インド
青海省
甘粛省
チベット自治区
四川省
成都
重慶市
ネパール
ラサ
エベレスト
ブータン
バングラデシュ
国境
省境
幹線道路
鉄道
チベット鉄道

ラサ市街図
ラル湿地
色拉寺
(セラ寺)
北京西路
民族路北段
中路
民族路南段
ノルブリンカ
ポタラ宮
東路
大昭寺
318国道
ラサ河
至 シガツエ・ヤムドク湖

# プロローグ

　モンスーンを迎えたヒマラヤの峰々は、強い季節風と横殴りの雪に加え、殆ど視界の効かない濃厚な霧に覆われていた。ヒマラヤ山脈東端に位置するインド北東部のシッキム地区と、中国チベット自治区を分ける国境地帯は、吹き荒ぶ雪に閉ざされていた。

　国境の鞍部に続く急斜面には雪煙が舞い、剥き出しになった岩稜は蒼く凍ったままであった。国境付近に建てられた監視所に配置された中国人民解放軍の兵士たちも、屋外での歩哨は諦め監視小屋の中で暖を取るしか術がなかった。

　一九五六年に勃発したチベット動乱の三年後、中華人民共和国はインドやネパールとの国境を封鎖し、ヒマラヤを越えて南方へ越境する人々の往来を禁止した。チベット動乱でインドへ亡命し、そこで亡命政府を擁立しつつ、チベットの主権と非暴力抵抗を唱える、チベット仏教の最高指導者である第十四世ダライ・ラマを慕って接見に行く信徒を制限するためである。

　以来、およそ半世紀に及ぶ期間、氷雪に覆われたヒマラヤ山脈の鞍部を越えてインドに向かう信徒と、国境警備に当たる人民解放軍との間に多くの悲劇がもたらされた。しかし、ここ数年はその数も激減し、国境に配備されていた解放軍の数も縮小されていた。

何気なく屋外に顔を向けた兵士の目が、遠く広がる雪原の中に、距離を置きながらも一本の列になって移動する黒い点を捉えた。それはあたかも、真っ白な砂糖の中を一列になって進む蟻の列のようでもあった。

「おや、あれは何だろう」

兵士はそう呟くと、棚に置いてある双眼鏡を手に扉を押した。

鉄製の扉の開放と同時に室内に雪が舞い込み、兵士の体を烈風が包んだ。

数日前に寄せられた越境集団に関する情報が兵士の脳裏を掠めた。それは、中国公安部を通じて軍にもたらされたもので「十名ほどの集団がインドとの国境を目指し、巡礼を装いながら山麓の村々を通過している。一行は、国境線付近にまで到達し潜伏している模様である。それぞれの監視所は警戒を強めるように」というものであった。しかし兵士たちは、このような風雪を突いて、国境を越えてインドに向かう人間の集団が存在すること自体考えることが出来なかった。

兵士は手にした双眼鏡を国境の鞍部に続く雪原に向けたが、再び濃厚な霧に覆われた斜面には、先ほどの黒い点を捜すことは出来なかった。

「なんだ、目の錯覚だったたか」

兵士は苦笑いをしながら一人呟き、監視所に戻ろうとした。その時、一陣の風と共に周囲の霧が動き、広大な雪原をもあらわにした。

その中を、国境地帯の峠を目指して登っていく人の列が点々と一列になって続いていた。その数は十数名の小さな集団ではあったが、先頭は鞍部にまで行き着こうとする早さであった。

兵士は監視所に飛び込むとマイクのスイッチを入れた。

「止まれ。そこを行く者、止まれ。ここから先は立ち入り禁止となっている。速やかに降りてくるように」

監視所の屋根に据えられたスピーカーから兵士の声が発せられたが、周囲にはその音すらかき消す程の烈風が吹き荒れていた。

他の兵士もライフルや自動小銃を手に外に飛び出したが、辺りは再び濃い霧に覆われ点在する陰を見つけることは出来なかった。

兵士は数回の警告を発した後に、電子式の警告音に切り替えた。

「ピロ、ピロ、ピロ」

発せられた電子音は、吹きすさぶ烈風を突いて周囲に広がっていったが、辺りを覆う霧のため移動する集団の動向を確認することは出来なかった。

突然切れた霧の晴れ間に、峠を目指して移動する点が見えた。兵士たちはそれぞれに声を発し、戻ってくるように促した。肉声が届くはずもなく、兵士たちの目には集団が歩を早めたように映った。

雪原を移動する点は幾つかの集団に分かれ、先頭を行く集団は既に峠にたどり着いている様子であった。前を行く集団と大きく離れた二つの点が最後尾で動いていた。

兵士の一人が最後尾の点に照準を合わせた。ライフル銃に装着されたスコープの中に、未だ幼さの残る少年の顔が浮かんだ。前を行く大人の背を懸命に追いながらも、その顔は恐怖に引きつっている様子だった。

兵士は一瞬躊躇した表情を見せたが、構わずに引き金を引いた。

「ガーン」ライフルの発射音と共に、最後尾の点が雪面を転がり落ちるのが目に入った。真っ白な雪面に赤い血を点々と残しながら、その少年は雪の斜面を滑るように転落していった。その直ぐ上を歩いていた母親らしき人影が、何事か声を発しながら転げるようにその後を追い、転落した子供の方へ急ぐ姿が遠望出来た。

二つの影を目掛けて兵士たちの自動小銃が火を噴いた。

その音に誘発されたように、斜面に積もる新雪に横一線の亀裂が走り、音もなく柔らかな雪が動き始めた。凍り付いた雪面に降ったばかりの雪が積もり、その境界面が摩擦力を失って発生した表層雪崩であった。

発生した表層雪崩は瞬く間に周囲の雪を巻き込み、山麓を覆う霧より濃厚な雪煙をあげながら、広大な斜面を飲み込んでいった。

その雪煙は監視所の方まで届いてきた。

周囲を覆う霧と雪煙に閉ざされた視界は、その日の内に回復することはなかった。

# 一

中国語で「青蔵鉄道」と書いて「チベット鉄道」と読む。我が国では「天空列車」あるいは「秘境チベット鉄道」などと称され、海外鉄道としては人気を博すルートとなっている。その経路は、中国青海省の省都である西寧市とチベット自治区の首府ラサ市を結んでおり、観光列車としての印象が強いが、本来は地域に住む人々の生活を豊かにするために建設された鉄道である。

中国人を含めた観光客に人気を博す秘密は、標高五千六十八メートルの地に建設されている、タングラ駅を通過することが挙げられている。タングラ駅は、鉄道の駅としては世界で最も標高の高い位置に建設された駅として知られているからである。その他にも、車窓から遠望するコンロン山脈などの山並みの美しさと、路線の至るところで列車の轟音を気にする風もなく、ゆったりと草を食む野生動物たちの姿が挙げられる。

およそ二千キロメートルに及ぶ路線の大半が、富士山頂を遙かに越える高地を通過するため、牽引される十五両の客車の内部は気密性が保たれ、酸素の供給はもとより極寒高地に対応した気温と気圧の調整が行われている。言ってみれば、各車両は飛行機と同じような気密性と空調が確保された列車となっている。

私がチベットを訪れるのは今回で二度目である。三年前にこの地を旅したのは、季節も同じ十二月の半ばで、日中でも気温は氷点下を上回ることのない極寒の時期であった。当時はこの「チベット鉄道」は開通しておらず、北京を経由し四川省の省都成都へ飛行機で飛び、そこからチベット自治区の首府ラサへの空路を利用しての旅であった。

今回は、三年前にガイドとして世話になった潤香が日本人と結婚し、ラサ市内に「冬虫夏草」などチベットに産する漢方薬を扱う専門店を開店したとの連絡を受け、お祝いを兼ねての訪問であった。

潤香と結婚したのは、三年前にラサから標高六千六百五十六メートルのカイラス岳（チベット語でカン・リンボチエ）周遊に同行した松村昭一である。松村は、私と同じ山形市に事務所を置く山岳同好会のメンバーで、ヨーロッパアルプスやヒマラヤなどの華やかな山行より、それほど有名ではないが山容の美しい隠れた存在の山を旅することを好む男であった。いわゆる玄人受けする山に魅入られた松村は、何時しかチベットに通い詰めるようになり、その折りに世話になった潤香と結婚し、ラサに住まいを構えることになったのである。

二度目のチベット旅行に当たっては、その年の夏に開通したばかりの「チベット鉄道」を利用して陸路でラサに入ることにしていた。早朝に成田国際空港を発ち、北京を経由して青海省の省都西寧市に向かった。

「世界の製造業を飲み込む巨大なブラックホール」などとも称される中国は、今、製造業の躍進と相まって、二〇〇八年の北京オリンピックと二〇一〇年に開催される上海万国博覧会に向けた国内需要で賑わっていた。空には巨大なクレーンが弧を描き、溶接のアークを光らせながら、各地で超高層のホテルやオフィスビルなどが建設される一方で、都市間を結ぶ高速道路や高速鉄道網の建設も急ピッチで進んでいる。これらの動きは北京や上海に留まらず、遠く離れたチベットの地にも及んでいる。

西寧市へのフライトを待つ空き時間に、タクシーを駆って故宮を観光した。中国明朝の時代、時の皇帝永楽が一四〇六年に建設したもので、紫禁城と呼ばれるその城は清の国に引き継がれた。以来五百年余り、清朝のラストエンペラーとなった溥儀の時代までこの地は、政や祭事などを執り行う王朝の中核であった。東西の幅が七百五十メートル、正門とされる牛門から北に位置する神武門まで南北に九百六十メートルの敷地全体が博物館として保存されている。

交通渋滞のあおりを食って、今回は北門と言われる神武門から南に歩き、天安門までのおよそ一キロメートルを急ぎ足で観光した。北京市の道路事情は好転しているが、その整備をも追い越す勢いで自動車の保有数が増しているため、恒常的な交通渋滞が引き起こされている。三年前は未だ自転車の数の方が多いように感じていたが、今は、高速道路も意味を為さないほどの混雑ぶりであった。

タクシーを降り、故宮を取り巻く濠沿いの歩道を歩き神武門に向かった。濠の幅は五十メートル余り、その先には、高さが十数メートルはあろうと思われる煉瓦の城壁が連なっていた。

天安門から牛門に入り、大和殿、中和殿、保和殿そして神武門に至るルートが一般的なため、その逆を行く私はその集団を避けながらの観光となった。急ぎ足で宮殿を巡る私にとって、対向する集団は煩わしいものであった。彼らの多くはガイドに引率され、歴史的に価値のある建物や展示物の前では団子のような塊を形成し、ガイドの説明を聞いたり記念写真を撮りあい、他者の進行を妨げていることには無頓着であった。

私はそれらの集団を避けたり道を譲りながら天安門の方角へ急いだが、同じ方向へ進む観光客の姿も皆無ではなかった。私と前後する形で北から南へ向けて歩く観光客は、時間的な余裕を持った人が多いと見え、南からの集団が途切れるのを待ちながら名所旧跡の観光を楽しんでいた。

そのような中に、私と同じように先を急ぐ二人連れの中国人がいることに気が付いた。一人は黒いコートを身にまとい磨き抜かれた革靴姿だった。もう一人の方は色あせた紺のジャンパー姿だったが、チロリアンハットに鮮やかな鳥の羽を刺した奇妙な帽子を被っていた。特に意識していたわけではないが、互いに話を交わすこともなく写真を撮り合うこともないその姿は、同じ方向へ急いでいるからこそ目に付いたのであろう。

明朝や清朝の時代には、制令の発布や即位の式典が執り行われ、皇帝の誕生日や恒例の祭典などが行われた大和殿は、数年後に開催される北京オリンピックを視野に入れて、改修作業の最中であった。大和殿に限らず、敷地内に点在する宮殿や神殿はそのどれもが改修の対象となっている模様で、建物全体がシートで覆われたものや既に改修を終え、装いも新たに人々の前に姿を現している建物も多かった。色鮮やかに改修された建物は、壁画や色彩までが当時の技術を模して再現されたものであり、北京オリンピックに懸ける中国の意気込みが感じられた。

大和殿に鎮座する皇帝が、神の化身として見えるように設計された広場には、当時は敷石が敷き並べられていた。しかし、時代と共に当時の敷石は外され、コンクリートの床版で覆われるようになっているが、せっかくの改修であれば昔のような敷石詰めの広場にして欲しいと思った。

天安門でタクシーを拾い、北京空港に向かった。本来なら天安門に昇りその二階から天安門広場一帯を眺めたかったが、これまでの交通事情を考えれば時間的に門への登高は断念せざるを得なかった。

北京を夕方の六時に発った中国南海航空のエアバスは、およそ二時間のフライトの後、西寧市に着いた。中国最大の塩水湖として知られる青海湖は、「天空のサファイヤ」などと称されるほどの美しさを誇り、その大きさは琵琶湖の六倍にも及んでいる。

西寧市は、コンロン山脈の東端に位置する青海省の省都で、その標高は二千三百メートルにも及んでいる。コンロン山脈は東西に二千五百キロメートルの長さで横たわり、南北三百五十キロメートルの幅を有している。ここには六千メートル級の峰々が二百座も連なっており、世界の屋根と呼ばれる高地を形作っている山脈である。この北方に連なる天山《テンシャン》山脈との間に、生き物は寄せ付けないと言われるタクラマカン砂漠が広がっている。黄海の渤海湾から西に延びる「万里の長城」はこのタクラマカン砂漠の入り口まで続いているが、途中から枝分かれした長城の一部が、この西寧市の北まで延びている。

いわゆる漢民族と呼ばれる人たちが支配する文化圏が中国全土に広がっているが、その西部地区はチベット文化圏と呼ばれ、漢民族の文化とは異なった文化圏を形成している。その地の多くの人々がチベット仏教を信仰し、生活様式も昔ながらの習慣に則った暮らしを続けている。

チベット文化圏と呼ばれる地域には、チベット自治区は当然として、青海省や四川省そして雲南省の一部までが組み込まれている。その圏内では、漢民族の文化やイスラム文化までが共存し、互いに干渉し合わない暮らしが続いているが、政治的に統合されたり分割された過去を持つ人々の間には、言いしれぬ不満が鬱積しており、事があれば抗争に繋がる火種は残っていた。

# 二

「チベット鉄道」の運転士が異変に気が付いたのはゴルムド駅に到着する直前であった。

午前六時三十五分を示す時計の針の先には、雪明かりすらない漆黒の闇が広がっていた。

飛行機のコックピットを彷彿させる計器類の右下方にある警告灯が赤く点滅していた。

「非常灯点滅」

運転士は声を発しながら点滅する赤い点を指さした。それは、列車の非常扉の異常を示す点滅であった。

「六号車の扉に異常発生」

運転士は、副運転士に声を掛けブレーキのハンドルに手を掛けた。

突然、点滅が止まった。

「点滅が消えたよ。何があったのだろう」

運転士は列車を減速させながら副運転士の方に目をやった。

「また、いつもの悪戯じゃあないですか」

副運転士は、「またか」という表情で点滅の消えた計器類を見つめながら言った。

ゴルムド駅は、チベット鉄道のほぼ中間地点に位置しており、青海省からチベット自治区に至る省界に広がる街の入り口である。コンロン山脈の山裾をゆっくり登攀する鉄道が、その高度を一気に高める要所に位置し、標高は二千七百メートルほどである。

「チベット鉄道」は三期に分けて建設が行われている。この構想自体は、チベットを中国の一部として組み込んだチベット動乱直後から案として出ていたが、中国の国内事情や技術面の課題が残り、完成にこぎ着けたのはおよそ半世紀ほど後のことであった。

中国政府はまず、北京市と西寧市を結ぶ鉄道を完成させた。これが第一期である。その後一九七四年に、西寧市からゴルムドまでの八百十四キロメートルの工区に鍬を入れ、およそ十年の歳月を懸けて一九八四年に開通にこぎ着けている。これが第二期の工事である。

更に、二〇〇八年の北京オリンピックや二〇一〇年の上海万国博覧会などを視野に入れて、二〇〇一年六月二十九日にゴルムドからラサに至る千百四十二キロメートルの工事に着工し、五年後の二〇〇六年七月一日に完成させている。これにより、青海省西寧市からチベット自治区のラサ市までの鉄道、千九百五十六キロメートルに及ぶ「チベット鉄道」全線が開通している。

運転士たちが「またか」と呟いたのには訳があった。チベット鉄道に限らず、中国国内の列車では非常用開閉ボタンが故意に、あるいは事の重大性を意識しないままに押されてしまうケースが多発していた。

都市部に住む中国人であればいざ知らず、農村や山間部に住む住民は列車を利用する機会も少なく、設置してある装置の意味を理解しないまま手に触れる場合も多かった。

「チベット鉄道」の車内でも、走行状況を示す電光掲示板や非常設備などには、中国語とチベット語併記での情報を提供しているが、なかには深い意味を考えずに接触を試みたり押したりする事件が続いていた。

「まずは車掌を六号車に向かわせ、様子を見てもらおう」

車内電話を通じて六号車を担当する車掌に運転士の指令が飛んだ。

この列車には、二両から三両ごとに乗務員室が設けられており、そこには乗務を取り締まる車掌と、乗客へのサービスを提供する客室乗務員たちが詰めていた。季節によって制服の形も多少は変化するが、車掌は紺の制服と帽子を着用し、客室乗務員はオレンジ色の制服に同色の帽子を身につけている。夜を徹しての勤務であるにも係わらず女性の乗務員も多く、配色されたチーフを襟に巻く姿は凛々しくたくましい。

「連絡のあった扉はここだな」

車掌と乗務員は五号車と六号車の間にあるデッキに設けられた扉を注視した。そこは車内トイレの先にある扉で、進行方向に向かって右側に位置していた。

「扉よし。ハンドルよし」

車掌は指さし確認を行いながら、扉が閉まっていることを確認し、開閉の際に緩めるハンドルに手を触れた。

ハンドルに僅かな緩みがあった。

扉の脇に備え付けてあるハンドルを回し、レバーを下に降ろすことによって扉の開閉が行われるようになっているが、このハンドルは列車が停止した状態でしか回転出来ないようになっており、走行中の操作は不可能であった。

「ハンドル、開閉レバー異常なし」

車掌はハンドルの緩みを直しながら再度確認の声を発した。

「林車掌。これは何でしょう」

林と呼ばれた車掌は、客室乗務員の指さす床に目をやった。床の上には、赤い絵の具を飛沫させたような小さな点が残っていた。

「何だろう」

車掌はその場にしゃがみ込みながら、その点に指を伸ばした。指先には赤黒い液体が付着し、灰色のリノリュウム張りの床に擦れた赤い色が残った。

「血だよこれは。ああ、気持ち悪い」

車掌は急いで洗面所に走り、指先の血痕を洗い流した。

「客の誰かが鼻血でも出したのだろう。迷惑な話だ」

林車掌は不愉快そうな表情で客室乗務員に床の清掃を指示し、乗務員室に戻り扉に異常が無かったことを運転士に告げた。

「ご苦労様でした。それでは速度を速めます。暫くするとゴルムドの駅に着きます。そこで念のため扉の点検を実施して下さい」

車内電話から運転士の声が届いてきた。

## 三

ゴルムド駅に着いたのは午前七時六分だった。西寧を発って丁度十一時間が経過していた。辺りは未だ闇に包まれ、隣接する街並みの灯も薄かった。

中国は東西に延びる広大な土地を有しているにも拘わらず、標準時間は一つしか設定されていないため、同じ時刻でも西方に位置する土地ほど日の出は遅くなる。

私は、三号車の下段ベッドで目を覚ましていた。この時期は、海外からの旅行者の数も少なく、同じ車両にはドイツからの団体客が乗っている他は、所々に中国人の旅行者が二人あるいは三人で席を占めている程度であった。

「チベット鉄道」の二等寝台には十個のキャビンがあり、それぞれのキャビンには三段ベッドが向かい合わせに固定されており、一室六名が定員となっている。下段のベッドは快適だが、二段目や三段目になるとその登降は困難を極める。日本の寝台車であれば、上席への登降の場合はハシゴなどが準備されているが、この車両にはハシゴは設置されておらず、壁面に設置された手のひらサイズの足場を利用しての登降となるため、体力を要し、多大な困難を伴うこととなる。

列車の編成は、前から一等寝台車が二両、続いて二等寝台車が四両、その後ろに普通車両が二両連結されており、九号車が食堂車となっている。そして食堂車の後方に普通車両、そして二等寝台車と一等寝台車が連結されており、全部で十五両編成となっている。

二等寝台車は定員六名だが、一等寝台車は上下二段のベッドが設置された四名が定員となっている。普通車両は日本の新幹線と同様に、通路を挟んで二人掛けと三人掛けの椅子席が並んでいる。

寝台車は片方の窓側が通路で、各キャビンの入り口は防犯上の理由から開放型となっている。そのためキャビンの入り口に扉は設置されておらず、入り口をシーツなどで覆うことも禁じられている。普通車両を含めた全席が座席指定で、乗車定員は九百三十六名となっている。西寧からラサまでの運賃は、二等寝台車で八千円、普通車両で三千五百円程であるが、中国の人々にとっては高額である。

列車は二日に一往復のダイヤ編成となっており、夜の八時に西寧駅を発ってチベットに向かう下り列車は、翌日の午後十時ごろにラサに着き、同日の早朝にラサを発った上り列車は翌日の朝方に西寧駅に着く。上り下り共に二十六時間の所要時間である。

このダイヤ編成の面白いところは、上り下りの車両とも、日中はチベット文化圏の広大な原野を目にしながらの旅が味わえる点にある。その反面、ゴルムド駅と西寧駅の間は夜間の通過となり、およそ八百キロに及ぶこの区間の走行はノンストップとなっている。

視界を大きく確保した車窓からは、コンロン山脈はもとより、広大なコロシリ自然保護区や長江の源流などの景色を目にすることが出来る。そこには、高地に遊ぶヤクと呼ばれる野牛の群れや、チベットガゼルあるいはチベット狼などの姿を観ることが出来る。そして、上下両車両のすれ違い場所が、鉄道の駅としては世界最高地点（標高五千六十八メートル）に位置する、タングラ駅というのも粋な計らいである。

私は、三号車の前方に設置されている洗面所に向かった。この車両の前方は一等寝台車となっており、間を仕切る扉の前には客室乗務員が立ちはだかり、チケットの確認を行っていた。洗面所には三つの洗面台と温水も出るカランが備え付けてあり、その前面には大きな鏡がはめ込まれていた。時計は午前六時四十分を指していた。

鏡に向かい歯ブラシを動かす私の後方を、二人の男が通り過ぎていった。一等寝台の客らしく、客室乗務員にチケットの一片をちらりと示し、自動扉の向こう側に消えていった。

鏡に映った男たちの顔に見覚えがあった。北京の故宮観光の折りに前後して宮廷内を歩いていた二人連れであった。その内の一人は、羽根飾りの付いたチロルハットを手に持っていた。

「おや、あの男は普通車両に席を取っていた客だったはずだが」

私は、昨夜のことを思い起こしながら首を振り、強い違和感を覚えつつその二人連れを見送った。

昨日の経緯はこのようなものであった。

クリスマスを間近に控えた西寧市のホテル群は、路上に弾ける爆竹の音で目覚める。北京からのフライトで深夜に到着した私は、ホテル内のレストランで遅い夕食を済ませると、シャワーもそこそこにベッドに横になった。

爆竹の炸裂音で目が覚めた私は、カーテンを開き街並みを見下ろした。未だ明け切らぬ街並みは既に動き始めており、ヘッドライトを灯した車が列を成していた。昨夜は気が付かなかったが、路上には数日前に降ったと思われる雪が残っており、黒っぽい塊となって路肩に積み上げられていた。

「チベット鉄道」の発車時刻は夜の八時とのことで、タクシーを駆ってタール寺の観光に出かけた。路線バスの利用も考えられたが、今の語学力ではそこまでの自信は無かった。

チベット新仏教ゲルク派の開祖であるツォンカパの生誕地として知られるこの街には、チベット仏教六大寺院として知られるタール寺があり、多くの信者が参拝に訪れていた。その名も「大金瓦殿」と呼ばれ、黄金に輝く金箔で葺かれた屋根を持つ本堂の前には、五体投地を繰り返す人々が列を成し、その傍を通過することすら憚られる雰囲気があった。

五体投地とは、チベット仏教最高の礼儀法で、寺院に向かって全身を投げ打って祈りをささげ、立ち上がって再び全身を投げ打つ祈りである。

信者は、この動作を数千回あるいは数万回繰り返すという。五体投地の回数は奇数回と定められているとのことであるが、祈りの際に足が開くのを防ぐために、両足首を紐で縛っている信者が多かった。体を投げ打つ際に手の滑りを容易にするため、手には草鞋のような敷き板を持ち、それで擦られた廊下は見事なまでに磨き上げられていた。氷点下の寒さにもかかわらず、五体投地を繰り返す信者の頬には汗の粒が光り、日焼けした顔は神々しく輝いていた。

雪を踏みしめながら広い境内に点在する社殿を参拝した。オレンジ色の僧衣をまとった修行僧が昼食の準備に飛び回る台所の傍らを、多くの参拝者がごく普通に歩き回り持参したバターを奉納するなど、そこには日常の生活と密着した寺院の姿があった。

新築なった西寧駅は、その中央に巨大な吹き抜けを持つ構造となっており、ホールや待合室は雑多な人種の人々で満ちあふれていた。この駅は内陸における交通の要所とも言えるところで、チベットへの入り口となっているほか、北京や上海からの長距離列車のターミナルとしての機能も有していた。電光掲示板には中国語とチベット語での案内が掲示されているが、構内のアナウンスは中国語と英語が使われていた。

「チベット鉄道」乗車の案内が流れた途端、周囲に屯していた人々が改札口の前に集まりだした。中国人には、整然と列を作り乗降を円滑に進めようと言う習慣が無い模様で、改札口を中心に団子状態の集団をつくった。

モスグリーンの制服と制帽に身を包んだ管理職風の駅員が改札口の前に立ち、大声でその集団を叱りつけていた。多分「こら、お前たち。何をやっているんだ。改札口の前に二列になって並べ。外国から来た人たちに失礼ではないか」とでも言ったのか、中国人の集団は周囲を取り巻く外国人旅行者に目をやりながら列を作り直した。

中国では北京オリンピックを契機に、これまでの悪しき習慣の改善を図ろうとしているようであったが、私にしてみれば何もあそこまで怒鳴らなくても良いのではないかとの印象を持った。

ラサ行きの「チベット鉄道」は定刻の、午後八時七分にホームを滑り出した。ブルーの車体にオレンジ色のラインを施した二連のディーゼル機関車が十五両の客車を牽引していた。高地を走行するため特別に設計された機関車で、最高速度も時速百二十キロメートルを超えるという。これは、高地を走行する列車としては世界最高速を誇るとのことであるが、西寧からゴルムドまでのおよそ八百キロメートルの間は、夜間走行となるため時速はおよそ八十キロメートルとなる。

寝台車としては多少狭い感じのするベッドに身を横たえ、旅のガイドブックを読んだり地図などに目を通していたが、目が冴えて眠ることが出来なかった。同室になった漢民族の二人連れの手前、平静は装っていたがおそらく心中は興奮状態だったのだろう。

私は寝付けないまま列車内を移動して食堂車に向かった。進行方向右側に設けられた通路には人影も少なく、客室となるキャビンの照明も既に落ちて静まりかえっていた。観光シーズンを終えた車内は乗客の数も少なく、空室のまま放置されているキャビンの数も多かった。しかし、七号車からの普通車両にはチベット人や漢民族の人々が席を占め、かつての日本の夜行列車にも見られたような独特の雰囲気を醸し出していた。

消灯時間を過ぎ、薄暗い照明だけが灯る通路の左側の席に、見覚えのある男の姿があった。普通車両に座を占める乗客の多くは毛布などを体に巻いて就寝体勢を取っていたが、その男だけはテーブルの上に酒瓶を並べ、足元には食べ散らかした向日葵の種の殻が散乱していた。

北京の故宮観光の折りに、私と前後して宮廷内を歩いていた二人連れのうちの一人であった。男が被っていた羽根飾りの付いた帽子は窓際のフックに懸けられていたが、薄汚れたジャンパー姿はそのままに車窓の闇を見つめ、何事か思案するような顔つきで酒を口に運んでいた。

食堂車は漢民族の行商人らしきグループが二つのテーブルを占めていたが、他は空席となっていた。厨房に程近いテーブルに腰を下ろし、ビールと野菜の入った炒め物を頼んだ。出てきたのは缶ビールであったが、喉ごしの際に爽快感を感じさせる一本であった。厨房を眺めてみたが、そこには料理人が一人だけ手持ちぶさた気味に佇んでいた。

通常は四人の料理人が腕を振るうとのことであるが、深夜は交代で休んでいるのであろう。カウンターの前に備え付けられたグリルには、車両内では火が使えないため、電気式のクッキングヒーターが並んでいた。中華鍋が十分に振るえるようにとの配慮からか、ヒーターの表面はフラット仕上げの他に、鍋底の形状に合わせた窪みの付いたヒーターも用意されていた。

「ビール二本ほどで酔うはずは無いのに」などと感じながら、ほろ酔い加減のまま寝台車に戻った。高地走行用に特別に設計されたこの車両は、室内温度や空気量が調節されるようになっているが、多少は高地の影響が出たのではないかなどと考えているうちに深い眠りに入っていた。

食堂車から自分のキャビンに移動する際も、その男は真っ暗な車窓を見つめたまま向日葵の種を頬ばり、小瓶からグラスに注いだ酒を舐めていた。

## 四

ゴルムド駅では、これまで車両を牽引していた機関車から高地専用に設計された機関車に交代するため、約二十分の待ち時間があった。この地は、青海省とチベットとの境界に位置し、通商の盛んな街として知られており、降車する乗客の数も多かった。

私は、寝間着を兼ねたラグビージャージのまま車外に出ようとした。

「防寒着を着ないと危険ですよ」

各車両の出入り口に立つ客室乗務員から注意を受けた。乗務員は降車する乗客の確認や、私のように車外に出る酔狂な乗客の安全確認を行っている模様であった。防寒着をはおり標高二千八百メートルのホームに飛び出した。そこには、息も凍りそうなマイナス十七度の冷気が塊まっており、瞬く間に私の身を包んだ。

カメラを片手に機関車の入れ替え現場へと急いだ。プラットホームは闇の帳に包まれたままで、駅に続く街並みも暗く沈んでいた。時刻は七時十二分を示していた。

途中、前方にある一等寝台車からの乗客十数名とすれ違ったが、その中に羽根飾りの帽子を被ったあの男の姿があった。男は大きな荷物を手にして、下を向いたまま改札口の方へ歩いていった。

「彼はやはり一等寝台の客だったのか。それでは何故、昨夜は普通車両の座席に座っていたんだろう」

私は、ぼんやりとした意識のまま闇の中を前方へ進んだ。

闇の中から目を刺すように明るい三連のライトが近づき、五千メートル級のチベット高原を疾走する新型機関車が、二両連結で入線してきた。一台で四千馬力を有すると言われる車両には、真っ白な車体にブルーのラインが描かれていた。白い車体はコンロンの雪山をイメージし、ブルーのラインは長江源流のトト河の流れや途中に点在する湖の蒼さを示しているのであろうか。

機関車入れ替えと時間調整の停車時間中、運転手からの指示を受けた車掌は、異常のあった六号車の扉の点検を行った。扉を開放し外に出た車掌は、懐中電灯で扉の周囲を照らしたが特別な異常は見当たらなかった。念のためその前後を照らした懐中電灯の光りの帯が、車体に付いている小さな擦り傷を捉えた。

「何だ。この傷は」

車掌は、客車底部から車輪の方へ光りを移動させた。この車両には車輪への異物の侵入を阻止するため、二連に張られたパイプが設置してあった。擦れたような跡は、そのパイプまで続いていた。

「走行中に、線路内に入り込んだ動物でも跳ねてしまったのかな」

車掌は一人呟きながら、パイプなどの緩みなどを点検した。走行に支障をきたす異常は見当たらなかった。

チベット鉄道は夜間の高速走行はもとより、高地に生息する野生動物の宝庫と言われるコロシリ自然保護区などを通過するため、線路の両側に長大なフェンスを設置し、動物たちが路線内に侵入出来ない施設が設けてある。しかし、これまでも路線内に迷い込んだ小動物が事故に遭うことは皆無ではなかった。その為、点検に当たった車掌の判断はこれまでの経験則に則ったものとなるのはやむを得ないことであった。

「扉に異常は見られませんでした。但し、車両下部に生き物がぶつかったような痕跡が見られますが、走行に支障をきたす程のものではありません」

「了解しました。寒い中をご苦労さまでした」

運転席からの労いの言葉が届いてきた。

ゴルムドで降車する客の数は多く、改札口へ続くホームの上には、後方の寝台車や普通車両からの列が暗闇の中から改札口の明かりの中に浮かんできた。その多くの客が大きな荷物を抱えており、この街での行商に備えていた。

ゴルムドの駅を七時三十分に発った列車は、コンロン山脈の山裾を登っていった。やがて空が白み始め、コンロン山脈の稜線がぼんやりと浮かび上がってきた。白く雪を抱いた山頂は、白い空と同化していたが、朝日が射すころになると真っ赤な山容がレリーフのように眼前に迫ってきた。

私は車窓にへばりつくようにカメラを構え、瞬間的と言っても過言でないほど急速に変化していく山並みを写真に納めた。ファインダー越しに見る線路の両側には、土漠・礫漠の荒野が広がり、遠くコンロンの山裾へと続いていた。

白いワゴンに朝食用の弁当を山積みにした車内販売が回ってきた。食堂車は利用者の多い時間帯は予約制となっているため、多くの客はこの朝食弁当を買い求めていた。私は、進行方向右側に設けられた通路のテーブルと椅子を引き出し、温もりの残る弁当を広げた。列車の通路壁面には、折りたたみ式のテーブルと椅子が設けてあり、必要に応じて引き出して使用出来るようになっているのだ。

車窓からの景色を眺めながら食事を摂る私の脇を、車掌と客室乗務員が一等寝台の方へ、慌ただしく駆け抜けていった。暫くして、後方の車両からの車掌たちも駆けつけ、大声で何事かを話し合っている様子が目に入った。客車を仕切る扉の向こう側での話し合いであり、彼らの声が届いてくることはなかったが、その顔には緊迫した表情が浮かんでいた。

間もなく、話し合いが終了したと見え、車掌たちは各自の持ち場へと戻っていった。通路から彼らが消えた頃合いを見計らって、三号車の客室乗務員が乗客に声をかけた。

「只今より、お客様の座席の点検を行います。通路にお立ちのお客様は、自分の席へお戻り下さい」

女性の客室乗務員が発する甲高い中国語を、私は理解出来なかったが、通路に佇んでいた乗客が各自のキャビンへ戻ったのを見て、「自席に戻れと言っているのだろうな」と判断し弁当をたたんだ。時刻は八時半を過ぎていた。

同室の中国人たちは、先のゴルムド駅で降車しており、キャビン内は私独りとなっていた。

暫くして、オレンジの制服に身を包んだ客室乗務員と車掌が顔を出した。

「切符を見せて下さい」

動作から見て、おそらくそのような言葉であろうと判断した私は、号車と座席番号の記載してある切符を示した。

「パスポートとビザはお持ちですか」

中国旅行では北京や上海などの都市部へ旅行する場合はビザの申請は不要だが、チベット入域に際しては、ビザの取得が必要となっていた。私は慌ててバッグからパスポートとビザ証書を取り出し、彼らに提示した。別に慌てる必要もなかったが、彼らの緊迫した表情にはそのようにせざるを得ない雰囲気があった。

「何かあったのですか」

私は英語で問いかけてみた。

「ノープロブレム」

客室乗務員は平静を装うように笑顔で答えてきたが、その頬には未だ緊張の跡が残っていた。

## 五

ゴルムド市郊外は、付近に点在する湖に注ぐ中小河川に仕切られており、鉄道と並行して「青蔵公路」もラサを目指して延びている。「青蔵公路」とは、チベット動乱以降、チベット人を大量動員して建設された道路である。現在は国道一〇九号線として、青海省とラサを結ぶ動脈として整備されているが、自動車による移動は「チベット鉄道」に比べれば三倍近い日数が必要となっている。

空に薄明かりが差し始めた夜明け前、夜を徹して走行してきたトラックのヘッドライトの輪が、「チベット鉄道」のフェンスを照らした。トラックを操る運転手の目が、フェンスにへばり付くように転がっている人影を捉えた。

「おや、あれは何だろう」

トラックを止めた運転手はフェンスに近づいていった。

「ややっ、人間じゃあないか。おい、どうしたんだ」

運転手はうろたえてフェンス越しに声を掛けた。倒れた男からの返事はなかった。男の手と足はバラバラに飛び散り、路面にめり込むように倒れ込んだ頭部には、乾いて赤黒く変色した血が凍っていた。

運転手からの通報を受けた公安部の係官と、警察部の警官が現場に到着したのはほぼ同じ時刻であった。その時刻は既に八時を回っていた。

中国では、治安を預かる部署が公安部と武装警察に分かれている。公安部は中華人民共和国公安部と称し、刑事警察や交通警察などの業務を担当する機関となっており、拳銃などの武器は携帯してはならないことになっている。銃器などが必要な場面では、人民解放軍から分離した人民武装警官部隊が担当することになっている。今回のような場合は、男の死因が事故の場合は交通警察部が担当し、殺人事件に係わる場合は刑事警察が担当するとの暗黙の了解があった。

男を検死していた公安部の警官が、胸を貫く刺し傷を発見した。先端の尖った鋭い刃物で心臓の下部を抉るように突き刺したもので、一突きで絶命させたであろうことが推察出来、刃物の扱いに手慣れた者の犯行をうかがわせた。

公安部は、男は胸を刺されて殺害された後に線路内に投げ込まれ、列車に挽かれたか、車内で刺し殺された後に列車から遺棄されたかの何れかであろうと言う見解を下した。

「被害者の身元が分かるものがあるかどうか確認しろ」

男のポケットには、紙幣の詰まった財布がそのまま残されており、携帯する名刺入れには多量の名刺が納められていた。

男の名は張廣年と言い、漢方薬の売買に係わる仕事をしていることが判明した。名刺に記された事務所は西寧市にある本店のほか、北京や上海などにも支店を構えていることが記されており、手広く漢方薬の売買を行っている人物であることが推察された。

公安に所属する警官が西寧市の自宅に電話を入れた。

張廣年という男が事故にあったことは伏せたまま、昨日からの行動を調べた結果、この男は昨夜発の「チベット鉄道」でゴルムド市への行商に出かけたことが判明した。

その結果、張廣年という男は「チベット鉄道」の車内で事故に遭い、走行する列車から遺棄されたのではないかとの判断が行われた。

「『青蔵鉄道』の乗客名簿は手にはいるか」

列布雄刑事がゴルムド駅の助役に電話を入れた。

「『青蔵鉄道』は全て座席指定になっております。従って、車両番号と座席については予約状況の把握は可能です。予約した座席に何方が座っているかなどについては、予約の時点でお名前を伺っていれば、座席との照合は可能です。但し、これには時間がかかります。普通に駅の切符売り場で購入する場合、名前は不要ですので確認は困難です」

助役からは極めて事務的な回答が寄せられた。乗客が占有する座席やベッドの番号と、その客が乗降する駅までは把握しているが、乗客名までは記載していないというものであった。

「次に停車するのはどこの駅で時刻は何時になる」

「ゴルムドの次に停車するのはトト河駅になります。時刻は十二時過ぎごろの予定です」

刑事は舌打ちをしながら時計に目をやった。時刻は八時二十分を示していた。

「現在列車に乗っている乗客の確認は可能だな。直ぐに運転士に連絡を取って、途中で姿を消した客がなかったかを調べてくれ」

「何かあったのですか。事件の捜査でしたら喜んで協力いたします」

助役の質問に苛立ちながらも、公安刑事警察から派遣された列布雄刑事は男の他殺体が発見されたことと、その男は『青蔵鉄道』の乗客である可能性が高いことを話した。

「その被害者は、『青蔵鉄道』の乗車券を持っていたのですか」

助役が畳み込むように質問してきた。

「乗車券は今のところ確認出来ていない。しかし、状況的に『青蔵鉄道』の客だったという可能性を捨てきることは出来ない」

列布雄刑事は苛立ちを抑えながら答えた。

「走行する列車から車外へ出ることは不可能です。その男は『青蔵鉄道』の乗客である可能性は皆無だと思いますが、念のため調査させます」

「青蔵鉄道」は、フランスやカナダの技術協力を得て建設されている。中国初の列車進行遠隔操作システムなどの導入に加え、通信衛星を使った電話設備も充実しており、これらの指示は瞬時に運転席に届くようになっている。

ゴルムド駅助役からの連絡を受けた運転士は、直ちに車内無線で車掌に座席の確認を取るべく指示を出し、前の検札になったわけである。

調査の結果は主任車掌が取り纏めたが異常はなかった。ゴルムド駅で降車した以外の乗客は全て指定された席に座っていた。ゴルムド駅で降車した乗客は、一等寝台車が二十四名、二等寝台車からは四十七名、普通車両は三十三名で合わせると百四名となっていた。

運転士からの「異常なし」の連絡は、助役を通じて直ちに列布雄刑事に伝えられた。

この時助役は、運転士から参考までにとの伝言で、ゴルムド駅到着の少し前に、運転席に点滅した非常扉の異常と、車両の底部に認められた擦り傷跡について受けていた報告は、省いてしまった。助役には聞かれたことだけを伝えるというこれまでの習慣が身に付いていた。

現場検証を若い刑事に任せた列布雄刑事は、捜査の立て直しを考えながら公安部の事務所に向かっていた。

「ゴルムド駅で降りた客も調べさせましょうか」

隣席の刑事が呟いた。

「そうか。何で初歩的なことに気が付かなかったのだろう。当直明けで頭が回らなかったのかもしれん。とにかく駅へ急ごう」

列布雄刑事を乗せた車はゴルムド駅に向かった。

降車した客から回収した切符は、備え付けの小箱に投げ込まれていた。数日分の切符の中から、今朝の日付のある切符を探し出し点検が始まった。乗車券と座席指定番号が記載してある紙片の双方を点検していたが、枚数の合致しないものもあった。

「記念に切符を持って帰りたいと言う客もあり、出来るだけ希望に沿うようにしております。そのため、客の数と切符の数が合わないこともあります」

助役は苦しげに言い訳をした。調査した結果、乗客から受け取った切符の数は九十四枚であった。

また、改札を担当した駅員からは、改札終了後に切符を記念として渡した人の数は、九名であることも判明した。改札口で切符を受け取ったのが二時間ほど前と言うことで、駅員の記憶も鮮明だったことも幸いした。

改札を担当した職員の証言と残りの切符との照合から、普通車両を利用していた乗客の切符だけが不明であった。

「被害者は普通車両に乗車していた可能性が高いと言うことか。見つからなかった切符の座席番号は照合出来るか」

列布雄刑事の問いに対し、助役は列車の車掌に確認を指示した。車掌が持っている座席表には、乗客が占有している座席番号と、その客の乗車駅から降車駅までのデータが記録されているからである。

指示を受けた車掌が、他の車掌や客室乗務員を集合させ、座席と乗客の確認を行ったのが先の検札であった。検札の結果は直ちに主任車掌に報告され、列車電話を通じて列布雄刑事との話し合いが行われた。

「ゴルムド駅で降車した客の座席番号と、検札の結果を教えてくれ」

「降車した乗客の数は先に示したとおりです。検札の結果、ゴルムドまでの乗客は全て下車しておりました。その点では異常はありませんでした」

「普通車両からの降車客の座席番号を教えてくれ」

車掌から伝えられる座席番号を列布雄刑事は復唱しながらメモを取った。助役も列布雄刑事の声を聞きながらメモを取っていたが、読み上げが終了すると直ちに駅に残る切符との照合が行われた。

七号車三番のA席の切符が不明であった。

「被害者はこの席に座っていた可能性が高い。その車両を担当していた車掌か客室乗務員に何か思い当たる節が無かったか聞いてくれ」

暫くしてこの車両を担当していた車掌が電話口に出た。

「七号車三番のA席の客に心当たりはないか」

「この席は、二人掛けの窓側の席になっております。確かここには中年の男の客が座っていたように記憶しております」

「どのような男だったか思い出せますか」

「はっきりとは思い出せませんが、黒っぽいジャンパーを着ていた方ではなかったかと思います」

「スーツ姿ではなかったですか」

「寝台車を利用されるお客様の中には、スーツ姿の方も多く見られますが、普通車両の方の多くは、チベットの民族衣装を纏ったりジャンパー姿で乗車されます。固定した座席で夜を過ごされるため、ラフな服装の方が過ごしやすいのでしょう」

「ゴルムド駅で降りた客の寝台や席は点検したのか」

「乗客名簿、と言っても座席番号と降車駅が記録されている一覧表ですが、先ほど手分けして点検しましたが異常はありませんでした」

「持ち主が不明な荷物などは発見されなかったか」

「各キャビンの乗客の協力を得て、荷物も点検しましたが持ち主不明の荷物はありませんでした」

列布雄刑事は頷きながら受話器を置いた。

「被害者は、ネクタイこそ締めていなかったが上下そろいのスーツ姿だった。所持品の中に座席番号や切符が見当たらないため確かなことは言えないが、寝台車を利用していた客の可能性が高い。しかし、どのようにして車外に遺棄されたのか、また、被害者が占有していたと思われる切符を持ち去り、ゴルムド駅で降車したのは誰か。おそらく、その男が被害者の荷物も持ち去ったのだろう」

列布雄刑事は、駅の助役にも聞こえるような声で疑問点を整理すると、同行の若い刑事にそのことを記録しておくように指示を出した。

列布雄刑事の話を聞いていた助役が、小声で列車からの報告を追加した。

「この件については関係ないと思い報告しませんでしたが、ゴルムド駅の直前で、列車の非常扉の異常を示すランプが点滅したとの連絡が入っておりました」

助役の話を聞いた列布雄刑事が目を剥いた。

「それは、どういうことだ。列車の走行中に扉を開けることが出来るのか」

「走行中に扉を開けることは不可能です。詳しいことは分かりませんが古い車両ならいざ知らず、この最新鋭の列車ではそのようなことは出来ないと思います」

助役の声は小声だった。

「その辺りのメカニックに詳しい係官を呼んでくれ」

列布雄刑事の大きな声が響いた。

六

景観を確保するためおおきく取った車窓からは、真っ白に雪を抱く玉珠峰のピークが望めるようになる。朝焼けに輝く六千百七十八メートルの高峰を目の当たりにして、乗客の中から歓声があがった。この景勝の地にも玉珠峰駅が設けられているが、標高四千百五十メートルの駅も今は通過するだけである。真っ白な機関車に牽引される「チベット鉄道」の客車は、コンロン山脈に挑戦するようにその山懐を駆け上がり、やがて、標高四千六百四十八メートルのコンロン峠のトンネルを越えていった。

時速百キロ以上の速度を保ったまま、列車は間もなく「コロシリ自然保護区」にさしかかった。中国青海省西部からチベット自治区に渡って指定されているコロシリ自然保護区は、コンロン山脈の広大な山裾に設けられた動物の保護区である。

寒冷高地に生息する動物を自然な姿のままで保護することを目的として指定された地区である。そして、この地域内で人は居住出来ない決まりとなっている。北海道の面積に相当する、八千三百平方キロメートルもの広大な土地を、そっくり自然保護区に指定するあたりが、中国の偉大なところである。

また、「チベット鉄道」は、この自然保護区を東西に分断する形で建設されており、このままでは、動物の往来が途絶してしまう恐れがある。このため、野生動物が保護区内を自由に往来出来るための配慮として、橋梁構造物が数多く設置されている。動物たちはこれらの橋の下を自由に行き来出来るのである。

地形の関係で橋梁構造を選択しなければならない地点もあるが、このような動物への配慮などのため、橋梁の数は六百七十五本に達しその総延長は百六十キロメートルに及んでいる。凍結により地盤がもち上がる凍上を避けるためには、地下三十メートルまでの基礎を打つ必要があり、この自然保護のための橋梁化には莫大な費用が投ぜられている。なかでも、清水河大橋梁と呼ばれる地には十一・七キロメートルに及ぶ橋梁が連なっており、車窓からの眺めも壮観である。

当然、路床の両側には全線に渡って金網が施されており、その先に草をはむ野生動物の姿が遠望出来る。高地に適応した牛の一種でヤクと呼ばれる動物の群や、チベットガゼルなどが車窓に現れる度に、私は車内を移動しつつ写真ポジションを確保していたが、高速で走行する車窓からの撮影は困難を極めた。

条件の良い時は、チベット狼やカモシカの仲間で長い角を持つチルーを目にすることが出来るとのことであったが、今回はお目に掛かることは出来なかった。ちなみに、チルーは北京五輪のマスコットキャラクターにも選定されている。

鉄道のトンネルとしては世界最高所に位置する「風火山トンネル」を過ぎても土漠・礫漠の原野は続き、遙かに見える地平線に凍り付く山並みが見え隠れしていた。長江の源流と言われるトト河を渡る長江源流大橋梁の下には、自由気ままに流れる水路が幾筋にも連なり、流れの幾本かは凍結し白く光っていた。

橋梁を渡りきった先にある「トト河駅」に着いたのは、定刻より十分遅れの十二時十六分であった。列布雄刑事からの指示を受けた公安の刑事が二名と、鑑識の係官三名が鑑識用具と共に乗り込んできた。

中国では当然のことだが、これらのことは乗客へは知らされていなかった。

私は朝食を車内販売の弁当で済ませたが、昼食は食堂車で摂る予定としてあったため、午後一時過ぎに車内を移動して食堂車に向かった。六号車の扉の前に担当車掌や刑事たちが屯し、鑑識の係官が床に這い蹲る体勢で異常の有無を捜査していた。それらの動きを六号寝台車と七号普通車両の乗客が、遠巻きにする形で眺めていた。

人混みの中を「ソーリー、ソーリー」と声を出しながら掻き分けるようにして前に進み、ようやく食堂車にたどり着いた。食堂車は予約が必要となっていたが、混雑している様子はなく直ぐに席に案内された。メニューには写真入りで料理の種類が示してあり、それぞれに興味をひかれたが、何もせずにベッドに転がっていた身には重そうな料理で、結局は麺類一杯だけの注文となった。

食堂車に併設された売店には、車内でしか販売していないと言う青蔵鉄道のバッジが飾られていた。鉄道沿線の名所をデザイン化した六種類のバッジは、人気が高いとのことで残り僅かとなっていた。

三号車の自席キャビンに戻るころには六号車の人混みも解消されており、空いているキャビンを占有するようにして公安の打ち合わせが行われていた。客室乗務員の詰めている小部屋でも、刑事による聞き取りが行われている様子であった。公安の刑事たちに事件の顛末を聞き出す乗客は皆無なようで、何か怖いものでも見るように目線だけをそのキャビンに注いでいた。

客室乗務員室では、林と呼ばれる車掌が公安の刑事たちから事情聴取を受けていた。

「この鉄道の窓は開閉出来るのか」

「この列車は、気圧の低い高所を走行するため、車内の気圧と空気量は自動的に調整するようになっています。言ってみれば、飛行機と同じような気密性を保っております。従って、窓の開閉は出来ないようになっています。唯一窓を開くことが出来るのはトイレの窓だけです」

刑事の持つ鉛筆の動きが止まり、林車掌に顔が向けられた。

「トイレの窓が開くと言っても、幅が十五センチほどの小窓が内側に六センチほど傾くだけです」

林車掌は慌てた様子でおおきく手を振って弁解した。

刑事たちの顔に困惑の表情が浮かんだ。列布雄刑事からの指示は「チベット鉄道」から遺棄された被害者がいる。どのようにして走行する列車から遺棄したかを調べろと言うものであった。しかし、最新式の装備を誇る列車には、人一人を遺棄するだけの窓が無いと言うことになり、その視点は非常扉に集中した。

「六号車にある非常扉の前床からルミノール反応が検出された。そしてそこには血液を拭き取ったと思われる跡が検出された。何か心当たりはないか」

「鼻血と思われる血痕が飛び散っていたので、床を清掃させました」

「その時刻は」

「ゴルムド駅に着く直前でしたから、午前七時ころだったと思います」

刑事は納得したように頷き、何事かメモを取ると質問を変えた。

「この列車の非常扉は、走行中でも開くことが出来るのか」

「走行中に扉を開くことは不可能です。但し、非常用開閉栓を回せば扉のロックは解除されます。その時に開閉ハンドルを操作すれば扉は理屈的には開くことになります」

「何だって、それでは走行中でも扉を開くことは可能なのか」

「実際に試したことはありませんが、このようにすれば理屈的には可能です」

林車掌は、非常用開閉栓を押す仕草を行った後、僅かに体を移動させて扉の開閉ハンドルに手を掛け、扉を開閉する仕草をしてみせた。

公安の刑事たちは、驚いた表情を浮かべながらも、「そのようなメカニックになっていること自体も問題だが、そのことを知っている者が居ることも驚きだ」などと話し合っていた。このことは、直ちに列布雄刑事に伝えられたが、列布雄刑事のところへも技術部の方から同様の情報が寄せられていた。

「今回起きた事件の被害者名は張廣年と推定される。年齢は確認中だが鑑識の推定に寄れば五十歳から五十五歳程度と思われる。彼の職業は漢方薬の卸しや販売をしている模様だが、都市部に支店などを構えていることからかなり手広く商売をしている人物と推定される。死亡推定時刻は本日の午前六時三十分ごろで、『青蔵鉄道』の車内で殺害された後、車外に遺棄されたと考えられる。犯人は未だ特定出来ていないが、仕事に係わるトラブルと怨恨の両面で捜査を行っていく必要がありそうだ」

急遽、ゴルムド駅舎内の会議室に設けられた捜査会議で、列布雄刑事がこれまでの経緯を説明した。

「被害者はどのようにして殺害されたのですか」

若い捜査官から質問が飛んだ。

「犯人は被害者の心臓を一突きで殺傷している。未だ凶器は見つかっていないが、チベッタンナイフのような鋭利な刃物で刺されたと思われる。また、犯人は刃物の取り扱いに精通した者と考えられる。このことは、被害者の心臓を一突きで仕留めた後、殆ど返り血を浴びずに刃物を引き抜いている点から推定出来る」

チベッタンナイフとは、チベット文化圏を中心に製造販売されている刃物で、先端が鋭く尖ったナイフである。ナイフを握る柄や刃物を納める鞘に彫刻や彫金を施し、美しく装いながらも、日常生活の道具として使われているものである。

当然のことながら、走行している「青蔵鉄道」の車内から、どのようにして被害者を遺棄したのかについての質問もあったが、列布雄刑事の説明で納得したと言うより「そのようなことが可能なのか」との驚きの声が挙がった。

## 七

人間とは勝手なもので、あれ程楽しみに、歓声を上げつつ姿を捜した野生動物も、見馴れてくれば声を発する人も少なくなり、車窓の外に動物が群れているのが当たり前のように錯覚してしまう。野生動物と共生出来る環境の整備は人々の夢であり希望でもある。互いにその生活を侵犯することなく、独自に生活を送りながら共存出来る姿が理想なのであろう。私は、車窓からの動物の群を眺めながら、現在は、この保護区内で人々が生活を送ることを禁止しているが、何時の日か人々と野生動物が共存するパラダイスを目指して欲しいと願った。

列車はやがて、チベット高原を東西六百キロメートルに渡って貫くタングラ山脈の懐を走り、鉄道の駅としては世界で最も高い位置にあるタングラ山駅へと登っていく。青海省とチベット自治区を分けるタングラ峠にほど近い位置に建つこの駅は、標高五千六十八メートルもの高地に建設されており、これまで最高所だった南米のペルー国に在る「ラ・ラヤ峠駅」を遙かに凌いでいる。

駅の北側にあるタングラ峠には「唐古粒五千七十二米」と書かれた石碑が建てられており、その周囲を自然石で囲み湾曲した鎖が飾られていた。この辺りは我が国での石碑の保護と同様である。

タングラ山駅は、山裾の広がった高峰をイメージさせる三角錐のデザインで造られ、白とオレンジ色に塗り分けられていた。白はチベット高原の雪山を示し、オレンジは山肌を表しているのであろうか。十二月の今は駅舎の周囲は真っ白な雪に覆われ、遙か彼方の稜線へと続いていた。

「チベット鉄道」終着のラサ駅を早朝に発つ西寧行きの列車と、私が乗った列車とのすれ違う場所がここタングラ山駅である。西寧行きの列車が遅れているとのことで、列車は駅での待機となった。この駅は、これまでほぼ並行したり交差したりしながら左右に見えていた青蔵公路（国道百九号線）からも離れているため、今は通過するだけとなっているが、近い将来には観光の目玉として解放されると思われる。我々にとって、五千メートルもの大地を踏みしめる機会はそう多くはなく、一瞬の体験でも構わないから車外に出て大地を踏みしめたいと願ったが、扉は閉鎖されたままで、その前には客室乗務員が立ちはだかっていた。その顔は心なしか緊張している様子であった。

プラットホームを覆った雪を蹴散らすように、モスグリーンのコートを身に纏った一団が列車に近づき車内に入ってきた。この国では、軍隊も警察官もはたまた駅員までもが濃い緑色の制服に身を包んでいるため、その見極めが難しい。見極めて態度を変えるというわけではないが、三者の共通点はやたらに威張り散らすことである。

私はぼんやりとその集団を目で追っていたが、彼らが何故車内に入ってきたかなど、その目的は知るよしもなかった。タングラ駅で待つこと六分、ラサ発の列車は雪煙をあげて近づき、轟音と共に去っていった。

峠を越えた列車は、ラサに向けて高度を落としていったが、次第に草原が多くなりそれに合わせるように雪も姿を消していった。乗客は寝台に横たわり車窓に展開する景色を眺めていた。

夜の帳がおり、真っ暗な大地を切り裂くように列車のヘッドライトの光りが走り、やがて、前方にラサ市街の灯りが見えてきた。列車は定刻より少し早めの二十二時二十分にチベット自治区の区都ラサに到着した。降車扉の鍵が解かれ、扉が横にスライドした。各降車口には車掌や乗務員が立ち、笑顔で旅の安全を告げていたが、その背後には乗客に鋭い目を向ける、公安から派遣されたと思われる警察官の姿があった。

ラサ駅には友人の松村とその妻の潤香が揃って出迎えに来ていた。潤香が私の首にタカと呼ばれる白い布を巻いてくれた。

チベット文化圏では、目上の人に面会する時などは、白い布を両手に掲げ差しだして会見する習慣がある。この習慣が転じて、歓迎の折りや世話になった人との別れの時などの他に、旅の安全と幸せを祈願する場合などにも白い布がささげられる。

ラサ駅は、世界遺産として知られるポタラ宮を模したデザインとなっており、構内には大きな吹き抜けが設けられ、開放的な印象を与えていた。

二人との喜びの再会をした後、駐車場へ急ぐ我々の前をゆったりと歩くコートを身にまとった男の姿があった。追い越しざまに松村が軽く会釈をして通り過ぎた。

「おい、松村。今の人を知っているのか」

私は驚いて尋ねた。何故ならば、その男は故宮や列車の中で見かけた二人連れの内の一人だったからである。

「ああ、良く知っているよ。あの人は僕たちの地区の世話役をしている方だよ」

「世話役というのは、日本では町会長のような役回りの人か」

私の問いに松村は笑顔を向けて頷いた。その笑顔を見ながら、昨日からの経緯を話そうと思ったが、故宮観光で偶然に見かけ、列車が同じだったという程度で特別な関係ではないとの判断もあり「そうか」と小さく言葉を返し、空港の駐車場へ向かった。

最近購入したという車は日本製の中古車であったが、ひところは日本でも人気の高かったワゴン車であった。

「最近では、中国製の車も出回っているとの話を聞いているが、何故日本車にしたの」

「中古でも、日本車の方が性能は良いからね。それに、以前は車両代金とほぼ同じ金額の税金を取られたが、今ではその税金も安くなったからだよ」

深夜を迎えたラサ市街は、家々の扉も閉ざされひっそりと佇んでいた。その中で、白くライトアップされたポタラ宮が、レリーフのように浮かび上がっていた。

「あれがポタラ宮かい」

私は遠く浮き上がる建物を指さして尋ねた。

「はい。そうです。最近ライトアップされるようになりました。私たちのお店はポタラ宮の西側にあります。昭一さんがあの前を通って家に案内すると言っていましたので、間もなくポタラ宮の前を通ります」

潤香が流暢な日本語で応えた。

ライトアップされたポタラ宮前の道路には数台の車列があり、写真撮影に興ずる外国人の姿があった。松村もその前で車を停めたが、車外へ出ることは勧めなかった。その訳は、私が窓を降ろした途端、高度四千メートルに塊まった夜の冷気が、射すように車内に飛び込んできたことで理解出来た。

太陽の都とも称される古都ラサは、標高にすれば三千六百メートル程の高地に位置し、チベットが一大王国として栄えていたころの遺跡が数多く残っている。ラサとは「神の地」という意味を持ち、チベット仏教の聖地であると共に、この地の経済・文化の中心地でもある。なかでも、ラサ市内中心部のマルポリの小高い丘に立つポタラ宮殿は有名である。幅三百六十メートル、高さ百十五メートルに及ぶ宮殿は、市街を見下ろすように聳えている。七世紀半ば、チベット統一を果たしたソンツエンガンボ王が、この地に宮殿を建設したのが始まりで、およそ千年後の十七世紀にその宮殿を補充・増築する形で、歴代ダライ・ラマの居城となって現在に至っている。

宮殿前の広場から見上げるポタラ宮は、丘の斜面をジグザグに切るように設けられた階段の上に、白い漆喰の壁が築かれ、更にその上に黄金に輝く屋根を持った宮殿が建てられている。向かって右側が白宮、左側が紅宮と呼ばれ、白宮は宗教行事に使用され、紅宮は政治に使用されていた。

白宮は外観七層の建物で、上階には歴代ダライ・ラマの寝室や執務室が設けられている。配列としては僧官学校や東大殿が並び、その奥にインドに亡命中のダライ・ラマ十四世が居住していた東日光殿がある。紅宮は朱色の木材や石材で造られ、外観十三層で内部は九層となっており、紅宮金頂やダライ・ラマ十三世霊塔殿などからなっている。紅宮金頂はその字のごとく、黄金で葺かれた屋根を有し、十三世の霊塔殿などは、黄金はもとよりダイヤやルビーなどの宝石が施されている。

ポタラ宮の総面積は十三万平方メートルとも言われ、部屋数は千室を超えると言われている。その贅を尽くした装飾から「垂直のベルサイユ」とも呼ばれる、世界最大級の建造物であり、世界遺産にも登録されている。

松村たちが営んでいる薬草など漢方を扱う店舗は、ポタラ宮西部の繁華街に位置していた。再開発された地域とのことで、南北に延びる大きな道路の両側には小綺麗な店舗が規則正しく並び、その上階が住まいとして利用されていた。

松村の店の看板には、救命堂という店舗名の下に「冬虫夏草専門店」との添え書きが付されていた。

「店の看板に掲げてあった『冬虫夏草』とはどのようなものなの」

居間のソファーに身を沈め、再会を祝した乾杯をあげた後、私は松村に質問した。

「日本から来た方にはよく聞かれるが『冬虫夏草』とは、読んで字のごとく冬は虫のように土の中に生息し、夏になれば草のように地上に生えてくるキノコのことだよ。そのキノコを採取し乾燥させたものが市販されている」

私は昆虫図鑑などに載っている、蝉などの幼虫を栄養源として生育する菌類の写真を思い浮かべた。図鑑でしか見たことはなかったが、あまり気持ちの良い絵では無かった記憶があった。

「そのキノコがどうして漢方薬として重宝されるの」

「この地では古くから、無病息災、滋養強壮、不老長寿などのほか諸病治療に効果のある薬物あるいは漢方として知られているんだよ。今では、この名が世界各地に広まり高額で取り引きされている」

私は、漢方薬と称される薬草類自体の効用は分からないが、経験に裏打ちされた治療法として世界に広まっていることは承知していた。

世界に確認されているキノコの種類は約一万種に及ぶと言われ、日本だけでも三千種のキノコが確認されているとのことである。その中で、キノコの菌が昆虫の成虫や幼虫に寄生して伸びるキノコのことを「虫草」と呼び、その種類も三百から四百種を数えると言われる。昆虫はホストと呼ばれ、その種類もカブトムシやトンボの他、蝿、カメムシ、蜂、蟻などであるが、未確認のものも多いという。

今では、昆虫に寄生して生じるキノコを総称して「冬虫夏草」などと呼んでいるが、本来の「冬虫夏草」とは、コウモリ蛾の幼虫（イモムシ）に寄生したコルディセプス菌により生じるキノコのことであり、「コルディセプス・シオシネス」なる学名も有している。チベットで薬物として使用されていたものが中国に伝来したとのことであるが、この名が中国の文献に初めて記載されたのは、清朝時代の医学書「本草従新」で一七五七年のことである。

「その『冬虫夏草』が採れるのはチベット地区だけなのかい」

「他の国のことは知らないけれど、中国では青海省西部からチベットにかけた地がその生産地とされているよ」

松村はそう言いながら、ガラスケースに入っている「冬虫夏草」を数本つまみだし、私の目の前で二つに折って見せた。長さは四、五センチほどで、錆び付いた釘のような形で茶褐色の色合いであった。二つに折られた断面には、それが虫であったことを示す丸い空洞とひからびた内蔵の姿が留められていた。

「何か、あまり気持ちの良いものではないね」

私の率直な感想に松村は苦笑した。

「私もそのように思うけれど、効用を信じている人が多く、生産地では激しい争奪戦が繰り広げられているらしいよ。五千から三千メートルほどの高地でしか生育しないため、生産者は『坪』と呼ばれる生息地をひた隠しにしており、自分の子供にすらその場所は教えないという」

「日本でも、松茸など貴重なキノコの出るポイントは秘密にする習慣があるからね」

「利権や利益が絡めば、それを独り占めにしようとする心理は、洋の東西を問わない。国境や国籍も関係ない」

松村は寂しそうに笑いながら言った。

「キノコと言うと『冬虫夏草』も秋口に収穫されるの」

「この辺りは寒冷高地に当たるため『冬虫夏草』が地表に姿を見せるのは、五月から六月の初旬までだよ。地表にはオレンジや紫あるいは黄色い色で姿を見せるが、地面に這い蹲って捜さないと見つからないらしい。また、温度や湿度に敏感で大気汚染などの影響を受けやすく、このところ収穫量は激減している。このため利権や流通ルートのいざこざから、事件も多発しているらしいよ」

「夕方のテレビで、漢方薬の売買をしている人が『青蔵鉄道』で殺されて、車外に放置され、公安が調査中だというニュースが流れていました」

潤香が松村の言葉を継ぐように言葉を発した。

「それは何時のことですか。まさか、私の乗ってきた『青蔵鉄道』の車内での事件ではないでしょうね」

私は驚いて潤香に尋ねた。

「君の乗っている列車ではないかと、僕たちもニュースを見ながら心配していたんだが、何か変わったことはなかったかい」

潤香に代わって松村が聞いてきた。

私は、車内で緊急の検札があったことや、警察官が非常扉の前で何事か点検していたことと、ゴルムド駅で警察官らしい一団が乗り込んできたことなどを話したが、「まさか、同じ列車の中で殺人事件が起きているなどということは、考えても見なかった」と言葉を繋いだ。

「それはそうでしょうね。でも、何事もなくて安心しました。この時期ですと『冬虫夏草』の買い付けに仲買の人たちが奥地まで出入りします。公安は、その売買に係わるトラブルが原因ではないかとみて捜査しているとのことでした」

松村の言葉に、私の話を心配そうに聞いていた潤香が笑顔で応えてくれた。

「話は変わるけれど、先ほど駐車場でお会いした方はこの地区の会長さんとのことだが、何か商売でもやっているのかい」

私は松村に、今まで心に引っかかっていた疑問を投げかけた。

「詳しくは知らないけれど、この地には古くから住んでおられる方で、名前は確か王建軍さんだったと思う。この辺りの再開発を政府に進言し、ご覧のような美しい街並みを作り上げた功労者らしい。何でも、手広く建設業を営んでいる方らしいよ」

松村は、「それがどうしたの」と言わんばかりの表情で答えた。

私は、北京の故宮観光の折りに見かけた人であったことと、「チベット鉄道」の車内でも目撃していることを話した。但し、同行者があったことやその同行者が途中の駅で下車したことは伏せておいた。

「中国の人口は十三億人もいると言われていますが、偶然とはいえ北京で会って『チベット鉄道』でもご一緒するなんて、世の中広いようで狭いですね」

潤香が興味深そうに呟いた。

# 八

翌日は、松村と潤香の案内でポタラ宮の観光に出かけた。

「このように間近で見ると大きな建物ですね。あそこに続いている階段を登らなければならないのですか」

私は、広場から宮殿に続く階段を指さしながら潤香に聞いてみた。

「高地に慣れない人は、途中で息切れしてしまうこともあります。気をつけて下さい」

潤香は「貴方なら大丈夫ですよ」と言わんばかりの笑顔で答えてきた。

宮殿前の広場から見上げるポタラ宮は、白亜の殿堂に相応しい形でマルポリの丘にそびえ立ち、丘の斜面には宮殿に至る参拝道が稲妻のように切られていた。

山腹に切られた階段に取り付き、およそ二百段に及ぶ階段を登り宮殿入り口に辿り着いた。一節には階段の数は三百段に及ぶとの話もあったが、久しぶりの高所での登高は三百段以上の負担を感じさせた。

宮殿入り口では、セキュリティ検査があり、ライターなどは当然として、携帯酸素やスプレーなど発火性の恐れのあるものは持ち込み禁止となっていた。また、宮殿内部の撮影は禁止されており、仏像群は自分の目に焼き付ける必要があったが、何かその方がゆったりと鑑賞することが出来る気がした。

宮殿内で私たちは多くの巡礼者に押されるようにその内部を回遊した。巡礼者は、入り口付近で小額紙幣に両替し、仏像はもとより曰わく因縁のある全ての場所に紙幣を投げ込んだり差し込んだりしながら祈りをささげていた。

私は一人、宮殿の城壁に寄り添い、ラサ市街と周囲を取り巻く山並みを眺めながら、松村たちに少し遅れてマルポリの丘を下り宮殿前の広場に出た。お土産屋が並ぶ一角に警察官の詰め所があり、その前で潤香が一人の婦人警官と立ち話をしていた。

「ご紹介します。私の従姉妹の呂玲香さんです。今は中国公安部の警察官として頑張っています」

紺の制服制帽に身を包んだ呂玲香が「ニーハオ」と微笑んできた。襟首に結んだ白とブルーのリボンが愛らしかった。

「日本から来た深澤と申します。松村君や潤香さんの友人です」

私はどぎまぎしながらも、片言の中国語で挨拶をした。

「大丈夫よ。この娘は日本語も話せるし、英語だってペラペラなんだから」

潤香が笑顔で間を取り持った。

「チベット語は子供のころから慣れ親しんでいるため誰でも読み書きは出来ますが、中国の国策で中国語の学習は必修となっています。チベットも今では、中国語の方が公式な言語として使われるようになっております。彼女は、その他にも日本語や英語そしてドイツ語などにも堪能なため、このような外国人観光客の多い場所に警察官として配置されているのです」

潤香が言葉を続けた。第二次世界大戦の後、かつてのチベット王国をチベット自治区として国内に取り込み、その文化や意識までをも帰属させるためには、まずは言語からの改革という戦略があったことを伺わせる発言であった。

「潤香さんたちは、これからどちらを観光されるのですか」

「せっかくお店も休みにしてきたことだし、久しぶりにノルブリンカや色拉寺（セラ寺）でも回ろうかと思っています」

「それは羨ましい。ゆっくりと楽しんできて下さい」

私に顔を向けながら、呂玲香が微笑んだ。切れ長の目を向けた呂玲香を、私は何か遠いものでも見るように見つめていた。

「玲香さんの勤務は何時までなの」

潤香が思い出したように尋ねた。

「今日は平常どおりで五時までですが、明日は公休となっています」

「それは良かった。今晩、私の家に来ない？　日本からの遠来の客を歓迎して食事会でもやろうと思っていたの。玲香さんに手伝ってもらえれば助かるわ」

「嬉しい。本当にお邪魔してよろしいのですか」

呂玲香が顔を輝かせて我々に目を向けた。松村は「賑やかな方が楽しいよ。それに玲香さんに会うのは、僕たちの結婚式以来だもの」と笑顔で誘った。

私に異存があろうはずはなかった。

# 九

私たちは、ポタラ宮の近くのチベット料理店で昼食を済ませ、ラサ市郊外の北東に連なるセラウツェ山群の山裾にある色拉寺（セラ寺）に向かった。ここは、日本人としては初めてチベットに入域した高僧として知られる、川口《かわぐち》慧海《えかい》が修行を積んだ寺としても知られており日本人には馴染みの場所である。総面積十二万平方メートルの敷地に数棟の大伽藍が建ち並び、チベット仏教ゲルク派最大の僧院として残っている。

「川口慧海がこの寺に来たのは何時のことだったかね」

私は松村に向かって尋ねた。

「およそ百二十年ほど前になるよ」

「百二十年か。明治時代のことになるわけだ。当時の日本人は気合いが入っていたね」

私は感慨深げに呟いた。

「当時、彼は三十一歳の若さでありながら、東京本所の五百羅漢寺の住職を努める地位に在ったと言われている。しかし、仏典の解読を進めるにしたがい、日本の経文は中国を経由してもたらされたものので、言ってみれば漢文からの訳文である。真の仏教理解のためにはその原典に接し、直接学ぶことが必要と考えた彼は、チベット行きを決意したと言われているよ」

「どうしてチベットだったのかな。お釈迦様が仏教を広めたインドには経典が残っていなかったの」

「詳しいことは分からないが、当時ですら、サンスクリット語で書かれた仏教の経典はチベットにしか残っていなかったのではないだろうか」

松村は、この地に滞在している間に調べたことを私に話してくれた。

それによると、目的とするチベットはもとより、途中のネパール王国も当時は厳しい鎖国政策をとっており、出入国は並大抵なことではなかった。そのような国へ支那（中国）の僧侶と偽って入国するのであるから、命を賭した決意と行動であったとも言える。

結局、慧海がチベットに足を踏み入れたのは、明治三十年（一八九七年）六月二十五日に単身神戸港を出発し、三年の歳月を経た一九〇〇年の七月四日のことであった。数多くの困難と闘いながら、慧海はチベットを目指すことになるが、その折の行程の様子や心境を「チベット旅行記」に纏めて出版している。

我が国では高僧として知られる慧海も、この苦行が評価され、西欧では探検家として知られているとのことである。

「川口慧海さんはこの寺で修行を積み、多くの仏典を日本に運び仏教の普及に貢献したそうだ。慧海さんが修行を積んだころは五千人もの修行僧が居たとのことだが、その中でも最も優秀だったといわれている」

などと、松村の言葉に力が入ってきた。

「ラサ市内には今でも川口慧海を尊敬している人々が居るらしいですよ」

潤香の言葉に、私はおおきく頷いた。

僧門近くの伽藍には、大きな砂曼陀羅が飾られており来場者を驚かせる。本来、曼陀羅は布状キャンバスに絵筆をもって描かれるものが多いが、ここの曼陀羅は着色された小さな砂の粒を配して描かれている。

曼陀羅とは仏教で信仰されている神仏を、一定の幾何学的な形式に配置して仏教の思想を示したものである。文殊菩薩は知恵、観音菩薩は慈悲、金剛手菩薩は力というように、様々な神仏にいろいろな概念を当てはめ、全体として仏教の世界観を表現したものである。市街では大小様々な曼陀羅が売られているが、その多くは修行僧の手によって描かれたもので、裏面には絵筆を摂った僧の名前が記されている。一枚の曼陀羅を描き上げるのに優に半年や一年は必要であり、中には金箔を塗り込んだものもあり高価である。

砂曼陀羅は、修行僧が分担して積み上げていくとのことだが、吐く息ですら飛び散りそうな細砂を、息をひそめてミリ単位で配していくこの作業は、余程の集中力が無ければ不可能であるし、これに携わることによって集中力を高める修行にも繋がるものなのであろう。

私たちがこの寺を訪れた時間帯は、修行僧たちが寺院の中庭に集まり問答修行に入る時であった。年齢構成の異なる二〜五人程の修行僧がグループを組み、中の一人が大きな声で質問を発し、他の者が答えを発するものである。質問を発するのは必ずしも年長者ではなく、回答も自由に発することが出来、またそれに反論するのも自由であり、過ちを糾すのも自由である。

日射しがあるとはいえ、氷点下の気温を示す中庭では、修行僧が右肩を脱いだ僧衣に身を包み、座したりあるいは立ち上がったたまま、大きな声での問答を繰り広げていた。その声は、広い敷地内はもとより周囲を囲む道路まで響き渡り、寒さをも吹き飛ばす熱気に溢れていた。

チベットの正月には、全国から選りすぐられた修行僧が集まり、問答の大会が行われ、そこで優勝した僧には高位の「ラマ」という称号が与えられ、高僧の仲間入りが許されるとのことであった。

修行僧達が問答を繰り広げる中庭は、菩提樹に似た巨木に囲まれてはいるが、通路に柵などはなく自由に問答を見聞出来る。中庭を取り囲むようにして問答の様子を見物している観光客の列に、一人の修行僧が走り寄っていくのが見えた。足が不自由なのか左足を引きずるようにした修行僧は、一本の巨木の下に駆け込むと、彼を手招きしていた男から何事か言葉を掛けられていた。修行僧はその言葉を聞くと深々と頭を垂れ、その男の手を握っているのが見えた。

男の顔は巨木の枝に隠れて見えなかったが、骨格豊かなその男の後ろ姿には見覚えがあった。

「おい、松村。君の街の町会長だという王建軍さんが来ているよ」

私は、巨木の方を指さして囁いた。

「あっ、本当だ。修行僧に知り合いでも居るのかしら」

潤香が軽く反応した。

修行僧は直ぐに問答の輪に戻ったが、その顔は虚ろなままだった。その目は遠く天空を見つめ、過ぎ去った過去を思い出すようでもあった。

「川口慧海さんが修行を積んでいたころは五千人もの修行僧が居たらしいが、今は、その半分にも満たないそうだ」

松村がぽつりと呟いた。

「それはどうして」と言う私の問いに、

「修行を積んで僧籍を取ることに夢やロマンを感じなくなったからかも知れないね」

松村は曖昧な答えを返してきた。

「今の中国は北京五輪をあてこんだ建設ラッシュに沸いており、各地の工場でも生産性を高めているため、人手がそちらの方へ回ってしまっていることも一因かね」

私の言葉に、松村は暫く考え込んでいたが、

「繁栄しているのは都市部だけだよ。地方の寒村に行けば、未だ地面や崖を掘りぬいた洞穴に住んでいる人もいる。そのような人たちは、北京や上海などの工事現場に出稼ぎに出かけ、日銭を稼いでいるんだ。仕事を斡旋するブローカー的な連中に中間搾取を受けても、出稼ぎの方が金になるため、苦行を積んで坊さんになろうなどと考える人は少なくなっていると言う現実もあるのさ」

「全てが金と言うわけか」

私の悟ったような言い方に、松村は悲しそうな目を向けた。

「生きるために金は必要だよ。しかし、金が全てではない。真剣に生き方を考える人が少なくなった時、この国は滅びるだろうね。今の私に出来ることは多くはないけれど、この地に根付いているチベット仏教の思想を下支えしていきたいと思っているよ」

私は軽率な言葉を発したことを恥じ、松村の目を見ながら頷いた。

「中国政府は、共産党の一党独裁政権です。中央の幹部連中は真剣に国の未来を考えて施策を施しているのでしょうが、末端の地方組織になると風紀の乱れが著しく、賄賂などは当たり前の世界になっています」

松村の言葉を継ぐように潤香が言葉を発した。

「地方も含めて、官吏や警察官などになれるのは共産党の党員だけです。仮に、党員以外の人が試験に合格すれば共産党に入党させられます。その人は、その時点で、これまで信仰してきた宗教も捨てなければなりません。今夜招待した呂玲香さんも、仏教徒だったのですが、警察官の試験に合格した途端、共産党に入党させられました。このことでは、随分と迷ったらしく、私にも相談がありました」

「その時はどのように答えたのですか」

私の問いに潤香は寂しそうに笑い、

「子供のころから勉強に励み、国が実施する試験を受ける。何と言っても官吏の身分は安定していますからね。生活の安定を考えるなら入党するしかないのよ」と天を仰いだ。

「その官吏も、理想に燃えている初期の時は、国のためあるいは人民のために働きますが、先が見えてくると堕落していく人が多いですね。そのため、賄賂で私腹を肥やす者も出てきています」

「何か、三国志に出てくる曹操や孫堅そして劉備玄徳などが蜂起したころと同じだね」

私の言葉に松村は「そのようにならないことを願っているよ」と言って笑った。

寺の後方に聳えるセラウツェ山群の山懐には尼寺が遠望出来た。

「あの尼寺を越えた稜線上には、ラサ市としては唯一の鳥葬場があるのですよ」

潤香が色拉寺の大伽藍の奥を指さしながら説明してくれた。

「鳥葬は今でも行われているのですか」

私の問いに潤香が説明をしてくれた。

それによると、鳥葬とは、死者の体を岩棚などに横たえ、その肉片を鳥に喰わせる葬儀であり、死者の霊は、鳥によって天に運ばれ天国へ導かれるという。チベット地方の葬儀といえば昔は鳥葬だけであったが、政府による土葬から火葬への指導が行われ、葬儀の形態も変化しているが、今でも鳥葬は最高の儀式として人々に支持されているとのことであった。

「日本では今、テノール歌手秋川雅史による『千の風になって』という歌が流行しているんですよ」

そう言って私は、その一節を口ずさんでみせた。

「私の、お墓の前で泣かないで下さい。そこに、私はいません。眠ってなんかいません。千の風に、千の風になって。この、おおきな空を吹き渡っています。……」

「良い詩ですね。死者の霊は墓の中にあるのではなく、千の風になって貴方を見つめているという訳ですか。鳥葬にも通じる思想のようですね。後で教えて下さい」

潤香が、途中からハミングを交えながら、このように言葉を結んだ。

約束の時間になっても、呂玲香は顔を出さなかった。

私は、松村が特別に仕入れたという現地の酒を舐めながら、時間を過ごしたが、潤香は気が気でない模様であった。潤香が呂玲香の携帯電話に連絡を入れても、電源が切れているか電波の届かないところにいるとの機械音が帰ってくるのみであった。

「勤務時間は疾に過ぎているのに、どうしたのかしら。勤務中は、個人の携帯電話の所持は禁止されているから、何か突発的な事件でも発生し、電話にも出られなくなっているのかしら」

潤香がご馳走を前にして顔をくもらせた時、呂玲香からの連絡が入った。

「ごめんなさい。勤務を終えて署に戻った途端、ノルブリンカの近くで変死体が発見されたという一報が入り、担当官たちが集まるまで待機を命じられたの。これからそちらに向かってもよろしいでしょうか」

「もちろんよ。ご馳走をつくって待っているんだから。主人は酒を飲み始めたけれど、深澤さんは心配そうにしていますよ」

潤香はそう言って私に笑顔を向けてきた。私の顔が赤らんだのは酒のせいばかりでは無かったようである。

ラサ市街の北部にはラル湿地と呼ばれる広大な湿地帯が広がっている。十二月を迎えたこの時期ともなれば、夏には湿地帯を覆って咲きみだれていたであろう草花が、ドライフラワーのようにそのままの姿で立ち枯れ、今は結氷している湖面を過ぎる風に揺れている。その湿地帯に隣接するように建てられているのがノルブリンカである。ノルブリンカとは、歴代ダライ・ラマの夏の離宮として一七五五年に建設が開始され、次第に拡張されたものである。今ではそれらの建物や庭園が公園遺跡として残されている。面積は三十六万平方メートルもの広さを有し、ダライ・ラマ八世、十三世、十四世などの宮殿が残っており、当時使われていた調度品などもそのままの形で保存されている。

この湿地帯で遊んでいた子供達が、枯れ草のなかに走り込んだ時遺体に気が付き、先を争うようにその場を離れ警察に通報したものであった。

遺体は死後数日を経てはいたが、折からの寒さのためか腐乱は免れていた。しかし、顔や手には鳥や獣に啄まれた痕が残っていた。

「昔のチベット動乱の際には、この地がチベット人たちの拠点となったとのことだよ」

松村がテーブルの上にラサ市街の地図を広げながら説明した。

「チベット動乱というのは何時のことだったかね」

私は、嘗てノーベル平和賞を受賞し、インドで亡命生活を送っているダライ・ラマ十四世の写真を思い浮かべながら聞いてみた。私の頭にはチベット仏教の僧衣をまとい、剃髪した精悍な顔立ちのダライ・ラマ十四世の顔がうかんでいた。

「一九五九年のことだから、かれこれ五十年、半世紀ほど昔のことになるよ」

「チベット動乱というのは、チベット民族が中華人民共和国政府に反旗を翻した事件だよね。それでも、もう五十年経ったのか」

私は、何かの記録で読んだことを思い浮かべながら言った。

「しかし、反乱軍の拠点だった場所を、遺跡として残すなどという政策は、中国としては異例のことなのではないのか。中国では政権交代などがあれば、当時の都を破壊し、都を別な場所へ移すなど、過去の権勢を消し去る所行を繰り返してきた筈だが」

「国際的な見地から、現在はそのようなことは出来ないのではないだろうか。チベット人の文化遺跡を破壊することは、チベット人民に対する人権侵害であるとの国際的な非難を浴びる恐れがあるからね」

松村の回答は明確であった。

「それに、チベット動乱が終焉を迎えたのは一九五九年三月三十一日だと言われている。その日の午前九時、ダライ・ラマ十四世はインド亡命のためこの地を離れたとされている。ノルブリンカの建物の内には、ダライ・ラマがこの地を離れた午前九時を指し示したまま、およそ半世紀もの間動きの止まった柱時計が残されているんだ。チベットの人々は、今でも、その時計に向かって祈りをささげているよ」

私は、チベットに住む人々の心の拠り所がダライ・ラマなのだと感じながら松村の話を聞いていた。

チャイムの音が室内に届き呂玲香が顔を出した。制服姿も様になっていたが、私服の趣味も現代風にまとめていた。

私はぎこちなく挨拶を交わしたが、潤香は「大変だったわね。今日はもう大丈夫だよね」などと呂玲香を労り、私の隣の席に彼女を案内した。

再会を祝した乾杯の後、最初に話題になったのはノルブリンカでの殺人事件だった。

「変死体の身元は分かったの」

と、潤香が呂玲香の方に顔を向けながら聞いた。

「直接捜査に関わった訳ではないので詳しいことは分かりません。身元が判明し次第、マスコミへの発表が行われますが、変死体の発見などは日常的にも多く発生しておりますので、取り上げないマスコミも多いのではないでしょうか」

呂玲香の答えは常識の範囲を出なかったが、私は、くりくりした瞳を僅かに動かしながら話す呂玲香の唇に目を奪われていた。

「呂玲香さんは、『科挙』の登用試験に合格したのですか」

私は、ノルブリンカでの変死事件の話が一段落したところで、場違いな質問とは承知の上で尋ねてみた。

「昔の中国では民間からの優秀な人材を登用する試験制度として『科挙』という制度のあったことが知られています。今は、昔のような『科挙』の制度はありません。でも、この流れを汲む登用試験は毎年行われています。私は、その試験に合格したのではなく、中国公安部の採用試験を受けました」

呂玲香は、照れくさそうな表情を見せながらも、丁寧な口調で答えてきた。

「何と言ったって、呂玲香は私たち従姉妹のなかでも、特別に成績が良かったんだから。私なんかは、てっきり、官吏になるものとばっかり思っていたんですよ」

潤香が笑いながら呂玲香を称えた。

「中国は今、北京五輪へ向けた体制固めに躍起になっています。特に外国語の話せる婦人警官などの増員は至上命令のようでした。そのような背景があったから私でも採用されたのですよ」

呂玲香は再び照れくさそうな笑顔を見せた。

その時、呂玲香の携帯電話が鳴った。

「はい、呂玲香です。……。海子呟さんですか、存じ上げております。私と同じ町内に住んでおります。……。えっ、それは確実な情報ですか。……。まさか海子呟さん亡くなったなんて。しかも、ノルブリンカの変死体が海子呟さんだったなんて。……。そうですか」

呂玲香は、潤香の方に目を向けながら電話を続けた。

「今は、従姉妹の家に来ております。……。今日はここに泊まっていく予定です。……。はい。私は非番明けの休日となっております。……。分かりました。警察官としてではなく地域の住人として情報を集めてみます。何か分かり次第、王一丹刑事に連絡します」

呂玲香はそう言って電話を切った。

「先ほどの変死体の身元が分かったの？」

潤香の質問に呂玲香は頷きながら「そうみたい」と呟き、言葉を繋いだ。

「被害者は海子呟さんと言って、私の家の近所に住んでいる人のようです。その人だとすれば年齢は五十歳から六十歳の間だと思います」

「何をやっている人なの」

潤香の問いに呂玲香は頭を横に振った。

「お店を開いて商売をやっている人ではないんだ」

「注意して見ていたわけではないので何とも言えませんが、どこかに勤めている様子は無かったですね。でも、自家用車を二台も持っていて羽振りは良いみたいでしたね」

呂玲香は思案するように答えてきた。

「警察が調べれば直ぐに分かることだよ。そんなことより深澤君に最近のチベットの話でもしてあげて下さいよ」

松村の言葉は嬉しかったが、私はその男のことをもう少し知りたかった。何の根拠もなかったが、チベット鉄道での殺人事件とノルブリンカの事件とが、一本の線で繋がっているような気がしてならなかったのだ。

私は、テーブルの上に紙を広げ、故宮で見かけた王建軍氏と同行者の話を皮切りに、チベット鉄道内での出来事、そして色拉寺（セラ寺）で見た修行僧との会話の様子を話した。

呂玲香が目を輝かせて聞いてきた。

「チベット鉄道車内での殺人事件は警察署内でも話題になっております。世界に誇る鉄道の車内で起きた殺人事件ですから、政府は公表したがらないのですが、今では報道各社が黙ってはおりません。私どもに入ってくる情報はテレビなどで報じられている以上のものはありませんが、偶然とは言え、深澤さんが『チベット鉄道』のなかで目撃した事実は検討に値すると思います。このことを最寄りの公安にも証言してもらえますか」

「もちろんですよ」

私は笑顔で頷いた。

## 十一

「チベット鉄道」での殺人事件がテレビなどのマスコミで報道されると、中国公安部のもとへは多くの情報がもたらされた。その多くが「チベット鉄道」に同乗していた客からのものであった。捜査の指揮を執ることを命じられた列布雄刑事へもそれらの情報が集約され、次第に事件の全貌が明らかになってきた。

それによると、被害者の名は名刺にあったとおり張廣年で五十六歳、彼は西寧発二十時六分の「チベット鉄道」で漢方薬の行商のためゴルムドの町に向かっている。乗車していたのは一等寝台車二両目前方四番目のキャビンで、四名定員の客室にはもう一人の客が同室していた。二人は顔見知りではなさそうだったが、しきりに漢方薬の売買に関わる話に熱中していた模様で、いつの間にか食堂車への移動など、車内でも一緒の行動を取るようになっていた。

被害者の張廣年も同室の男も立派なスーツを身につけており、履いていた靴も立派なものだったという婦人客からの情報もあった。

ゴルムドの駅で二人揃って降車したようだが、降車時は通路が混雑しており、確かに被害者が降車したことを証言出来る目撃は得られなかった。被害者の荷物も運び出されていたが、荷物を運んだ者の特定は不可能だった。

　食堂車は、早朝の六時から営業を開始する。この日は開店早々四つのテーブルに客が付いた。四人掛けのテーブルを独占していた二人連れは、顔を寄せ合っての話に熱中し、テーブルに運ばれた料理も、かき込むように食べ終えたとの、給仕からの報告も入ってきた。

　別な給仕の話によると、二人の傍を通った時、一人の男の口から「冬虫夏草」という言葉が発せられていたという。更に、二人が食堂車を出る時には、それぞれに会計を済ませていったが、二人の間には、何か険悪な雰囲気が漂っていた感じがしたとのことであった。

　食事の終了間際、男の中の一人が「私は知らない」と大きな声を発し、正面に座る男の目を睨み付けていたのが原因ではないかという、給仕の証言もあった。

　列布雄刑事たちは、これらの情報から「冬虫夏草」を含む、漢方薬の売買にからんだトラブルがあり、それが殺人事件に繋がったのではないかとの推測を行っていた。当然、これだけの事件は単独での実行は不可能であり、共犯者がいる可能性も否定出来なかったが、共犯者とどこの時点で連絡を取り合い、どのように実行したのか。共犯者が居るとすれば、計画的な犯行なのかそれとも偶発的に発生した事件なのかも不明であった。また、どのようにして被害者の張廣年をチベッタンナイフで刺して車外へ遺棄したのか、更に、被害者の荷物や切符などはどのように処理されたのかなども不明であった。

　列布雄刑事は、被害者である張廣年の身辺調査を重点的に実施することとし、調査を西寧市の公安部に依頼し、主に、商売上の取引先の情報や、漢方薬の売買に関わるトラブルの有無についての捜査を行うよう指示を出した。

被害者の張廣年は、ここ十年の間に事業を急成長させた漢方薬の売人で、その事業の手腕はかなり強引なものであった。青海省やチベット自治区の寒村にまで足を運び、現地に産するさまざまな薬草を入手したが、現金をちらつかせながら安値で買いたたく手法が多く、現地での評判は良くなかった。また、彼の過去を知るものは少なく、十数年前にチベットの区都ラサあるいはチベット自治区第二の都市シガツエ方面から流れてきたとの風評が立っていた。

列布雄刑事は、公安に情報を寄せてきた乗客の一人を訪れ聞き込みを行うよう、ゴルムドの刑事に指示を出した。

指示を受けた唐念祖刑事は、若手の刑事を伴い情報提供者の宿泊するホテルに向かった。「青蔵鉄道」開通に合わせて建設されたホテルは、高層化は当然として、調度品にも贅をこらした西欧風の造りとなっていた。

一階のロビーで待つこと数分、隣接するエレベーターから二人の男が近づいてきた。差し出された名刺には張望民と記された名と共に、本人の顔写真が刷り込んであった。「洋洋」という名のスーパーマーケットを手広く展開している企業の社長で、もう一人の男は新規店舗開拓担当の部長であった。

「こちらへはお仕事でいらっしゃったのですか」

唐念祖刑事は、探りを入れるように話を切りだした。

「この『青蔵鉄道』の開通で、この辺りの地区には流通革命が予想されます。ゴルムドは流通の中心地として栄える要素もあり、スーパーマーケット新規開拓の可能性を探るために来ております」

張望民社長は、穏和な表情で答えてきた。

「お忙しいところ時間を割いて頂き感謝申し上げます。ところで、あなた方が乗っていたキャビンはどの辺りになりますか」

唐念祖刑事は、机上に客室配置図のコピーを広げながら聞いた。被害者の乗っていた客室は、朱色に色分けが成されていた。

「二号車の六号室ですから、ここになりますね」

張望民社長は、コピー上に指を滑らせながらその位置を示した。

「その位置からは、被害者の泊まっていた客室は見えるのですか」

「客室には扉がありませんので、覗こうと思えばどの客室も見ることは出来ます。しかし、知っている人が居る客室であれば別ですが、普通は覗いたりはしないでしょう。但し、長い時間同乗していれば、通路でのすれ違いなどで、どのような人達が乗っているのかは漠然と把握出来ます」

唐念祖刑事は、コピーに目を落としたまま頷いた。

「被害者の男について何か思い当たる節はありませんでしたか」

若い刑事が緊張した面持ちで声を発した。

「私たちは、少し早めに車内に乗り込みました。荷物を解いて窮屈なスーツ姿から普段着に着替え、通路に設置されている折り畳み式の椅子に座って、列車の出発を待っていました。出発の少し前になりますが、大きな声がするのでそちらの方を見ると、被害に遭われた方が同室の方に向かって怒鳴っておりました。どうも、自分の席に誤って座っていることに対して抗議している模様でした。客室乗務員が飛んできて事情を聞いていたようでしたが、同じ部屋の下段にあるA席とB席を間違えた様子でした」

「険悪な雰囲気はあったのでしょうか」

「いえ、いえ、席を間違えたという同室の方は、しきりに詫びておりました。被害に遭われた方も大きな声を出して恥ずかしそうでした。席を移動した後で名刺の交換などをしているところまでは目に入ったのですが、それ以降は分かりません。ただ、部長の話によると、二人は漢方薬の話で盛り上がっていたようです」

張望民社長は、そこまでを報告すると隣に座る部長に顔を向け、その辺の状況を話すように促した。

「私が一号車と二号車の間にあるトイレに向かった時ですが、車内販売のワゴンとすれ違うため、彼らのキャビンの方へ身を寄せました。その時二人は並んで座っておりまして、膝の上に地図を広げておりました。別に立ち聞きしたわけではありませんが、この辺りの草は品質が良いとか、この集落は高額な売値を付けてくるなど、かなり込み入った話をしておりました。そのため私は、二人とも漢方薬の売買に関わる人たちではないかと推察しておりました」

「同室の男とのトラブルは無かったと言うことか」

唐念祖刑事がぽつりと呟いた。

「座席のことで多少のトラブルはあったようだが、同業者ということもあり、その後は互いに情報交換をやっていたと考えられるのではないでしょうか」

若い刑事の言葉に唐念祖刑事は軽く頷きながら、

「同業者ならば、今回の事件をどこかで見聞きしているだろうし、ゴルムド駅で下車する際に被害者が居なくなっていることに気が付くはずだろう。ましてや、被害者の荷物も運び出されていることを考えれば、同室の男を白と判断するのは早いような気がする。ところで、同室の男はどのような男だったかを知りたいのですが、ご協力願えますか」

唐念祖刑事が改めて社長の方に顔を向けた。

「もちろんご協力いたします。私どもは、暫くはここに滞在しますので何時でも協力いたします」

「それはありがたい。明日にでも似顔絵師を派遣しますのでご協力お願いします。ところで、ゴルムド駅で下車する時の様子をお聞かせ下さい」

唐念祖刑事の要請を受けて、今度は部長が話を切りだした。

「私どもの車両には、ゴルムド駅で下車する乗客が多く、到着時間が近づくと大きな荷物を手にした人たちで通路は混雑しておりました。私も自分の荷物を確保するのに精一杯で、他人のことまでは気が回りませんでした。ただ、出口に並ぶ降車客の列の中に、見たことのないジャンパー姿の男が混じっており、違和感を持ったことを覚えています」

「違和感を覚えたのはどのような理由からですか」

「列車に乗り合わせる客は始めのころは皆他人です。しかし、半日も同じ車両にいると、いつの間にかどこにどのような人が居るのかなどが分かるようになります。なかには顔見知りになる人も出てきます。ところが、その男については記憶がありませんでした」

「そのジャンパーの男はどこの客室から出てきたのかは分かりませんか」

「私どもの前に並んでおりましたから、多分私どもの部屋より前の方の客室だと思います」

「被害者の乗っていた四号室ということも考えられますね」

「考えられますが確信は持てません」

唐念祖刑事は軽くうなずきながら次の質問に変えた。

「ゴルムド駅での様子はどうでした」

「駅のホームを照らす照明は設置してありますが、間隔もまばらで殆どが暗闇同然と言っても過言ではありません。私どもも改札口の灯りを目指して歩いたので他の乗客も同様だったと思います。従って、他の乗客のことを注視している余裕はありませんでした」

部長は、張望民社長の同意を得るように顔を向けた。

「そうでしたね。列車を降りた人々は黙々と改札口を目指しておりました。私どもは迎えの者が改札で待っているため先を急ぎました。私どもが改札へ向かう集団を追い越した時奇妙な帽子をかぶった男を目にしました。その男が黒いジャンパーの男だったかも知れません」

張望民社長は当時を思い浮かべるようにゆっくりと言葉を継いだ。

「その男は一人でしたか。それとも、被害者と同室だった男と一緒ではなかったですか」

唐念祖刑事が勢い込んで尋ねた。

「そこまでは気が付きませんでした」

張望民社長が申し訳なさそうに呟いた。

「いえ、いえ。そこまで伺えばおおよその見当はついてきました。ありがとうございます。これから周辺の聞き込みや駅員などからの事情聴取を続け、事件解決に全力を傾けます」

唐念祖刑事はそう言って席を立った。

## 十二

翌日、私は呂玲香と共に、松村夫婦が構えている店舗にほど近い場所にあるジョカン寺（大昭寺）という古刹を訪れた。この寺は世界遺産として登録されているチベット仏教の総本山である。その起源は七世紀にソンツェンガンポの菩提寺として建立されたといわれており、本尊は釈迦牟尼像で、立ち並ぶ寺院の屋根は全て黄金で葺かれていた。

私は、呂玲香の案内で本堂のなかに足を踏み入れた。ヤクの乳でつくられた蝋燭の炎だけが頼りの回廊は暗く、足元は数世紀を経た石畳が蝋燭の排煙で光っていた。

「足元が滑りますから気をつけて下さい」

呂玲香は、慣れた足取りで私を案内してくれた。

「この像が、パドマサンババの尊像です。チベット仏教の指導者は厳しい修行を積むことによって境地を開くという考えの方が多かったのですが、この方は普通の修行の積み重ねでも道が開けることを唱え、多くの信徒を導いたと言われています」

入口を入った正面に祀られた大きな像を指しながら呂玲香が説明してくれた。

入場する人々を鋭い眼光で迎えるパドマサンババの顔は、その眼差しとは裏腹に柔和に微笑んでいた。その像の目が私の目と交差したように思えた。そして、その口元から「この事件の目撃者としての役割を君に託したのだよ」という声が届いたように感じた。私は慌てて周囲を見渡したが、そこには敬虔に祈りをささげる人の輪があるだけだった。

寺院の中に修行僧たちの広大な読経場が設けられているのは他の寺と同様であり、それを囲むように尊像などが配置されているのも同様であった。巡礼者はそれらの像を拝みながら寺院内を回ることになるが、その回数は奇数回と決まっているとのことであった。

「屋上に登りましょう。ラサの街並みが見渡せますよ」

呂玲香の案内で木製の階段を登り、ジョカン寺の屋上にあがった。そこからは、平たく続く家並みの彼方にポタラ宮の尖塔が望め、その後方には草木だに育たない礫漠の山並みが連なっていた。ジョカン寺の門前に目を転じてみると、門前に広がる石畳の広場に、五体投地を繰り返す巡礼者が列を成して祈りをささげていた。

「巡礼者がお祈りをささげる姿は迫力がありますね」

私は感動を込めて呟いた。それはあたかも、幾重にも連なる波が門前に打ち寄せるように、規則正しく動いているのを目にしたからである。

「祈ることによって苦しみから逃れられるとか病気が治るなど、古くからの言い伝えが未だ残っている証です。病気の時なんかは医者に診てもらうのが先だと思うのですが、まだまだ祈りを優先する人々の方が多く、政府も困っています」

呂玲香は苦笑を交えながら私を振り返った。そして、私の目を見ながら言った。

「外国の方々には奇異に感じられる文化は世界の至るところに残っています。科学や医学の進んだ国の人から見ると、非科学的で不衛生、そして野蛮な行為に映るかも知れません。しかし、そこに住み古くからの言い伝えを信じている人々にとっては、そうではないのです。ご覧のとおり、五体投地などの祈りは過酷で厳しいものです。しかし、信じる人々にとっては喜びであり心を癒す行為なのです。遠い将来にはこのような習慣は廃れていくことは明らかですが、今は、これはこれで善いのです。新しいことを性急にしかも力ずくで変えようとするのは反発しか招きません。これらを変化させるためには、時間は懸かりますが教育が一番だと思っています」

「仰るとおりだと思います。昔の征服者は征服した土地の人々を服従させるため、その地にあった信仰や文化施設を破壊してきました。これでは恨みと反発を招くだけで心の底から心服することには繋がりません。チベットもチベット動乱以来半世紀も経っているのに、民族問題の火種を残したままになっていますからね」

私が発した最後の言葉に、呂玲香は寂しそうに頷いた。

その時、私の頭を「今回の事件は、チベット動乱に絡む恨みが動機になっているのではないか」という考えが掠めた。

「呂玲香さん。『青蔵鉄道』で起きた殺人事件の被害者は、中国国内のどこの出身だか分かりますか」

「現在は西寧市に住んでいると言われております。但し、彼の出身地については聞いておりませんが、調べることは簡単です。何か気が付いたことでもあるのですか」

「今、公安部は漢方薬の売買に関わる事件として捜査しているようですが、根はもっと深いところにあるような気がします。また、直接関係があるとは断定出来ませんが、松村君の近所に住んでいるという王建軍さんの出身地も調べて下さい」

「貴方は何を考えているのですか」

呂玲香は訝しげに私の目を覗き込んだが、その顔には笑みが浮かんでいた。

「私の推理をお聞かせするのは未だ恥ずかしいので後にしますが、出来ればノルブリンカで殺された男の身元も洗って欲しいと思っています」

「えっ、ノルブリンカの事件と『青蔵鉄道』で起きた殺人事件の間に関連があると仰るのですか」

今度は、呂玲香が驚いたように目を丸くして私を見つめた。

「確信は何もありません。ただ、気になるもので」

私は慌てて目をそらした。

「貴方の推理がどのようなものかは分かりませんが、事件解決の糸口でも見つかればとも思っています。さっそく署に電話して調べてもらいます」

呂玲香は携帯電話を取り出し、警察署に電話を入れた。

「少し時間が懸かるとのことですが、私の携帯電話に連絡が入ることになっています」

「署の人に怒られませんでしたか」

「大丈夫です。その辺は上手く話しておきました」

呂玲香の顔に笑顔が戻った。

この寺の参道周辺及び寺の外周は、八角街（バルコム）と呼ばれる繁華街が続き、ラサ市随一の繁華街として知られている。バルコムとは巡礼環状路の意味で、ジョカン寺の中を一巡する通路をナシコル、寺の外側を回る通路はリンゴルと呼ばれている。巡礼者はこれらの道を時計方向に回りながら、途中に乱立する商店街での買い物を楽しんでいた。

念仏を唱えながら小さなマニ車を手で回しリンゴルを歩む巡礼者は、厚手の綿入れを着込み、チベットウールで編んだポンチョのような布を羽織って防寒着としていたが、子供たちはジャージやジャンパー姿の軽装な出で立ちも多く、遠くない将来には彼らの服装も変わっていくことが予想された。

ジョカン寺（大昭寺）を取り囲む巡礼通りの両側には、食料品はもとより巡礼に欠かせない小道具や装飾品を扱う店が軒を連ね、店頭に衣類を山のように重ねた店も多かった。なかでも、トルコ石や目玉石など付近の山に産する玉《ギョク》（宝石などのこと）を扱う店先には、多数の巡礼者の姿が目に付いた。本物の玉もあろうがその多くは玉に似せた練り物が多いとのことであったが、故郷へのお土産にするのであろうか、一抱えもの玉を手にする巡礼者の姿もあった。

「この辺は、スリや強盗も多いので気をつけて下さい」

呂玲香がまじめな顔で注意してくれた。

「バルコムを回る人々は巡礼者だけではないのですか」

「多くが敬虔な仏教徒です。彼らは財産を投げ打ってこの地に巡礼に来ます。しかし、悲しいことですが、その財産を目当てにやってくるコソ泥も多いのです。更に、ここには、世界の国々からの観光客も多く、観光客の持ち物を狙う窃盗団も暗躍しています。特に日本人は狙われやすいので気をつけて下さい」

私は笑って頷いた。

## 十三

呂玲香の携帯電話が鳴った。

呂玲香は右に流れる人混みを避けるように、バルコムの端に寄っていった。

私は呂玲香の後を追いかけようとして、人混みの流れが切れるところを探した。顔を上げたその先に、見覚えのある帽子が目に入った。故宮やチベット鉄道の中で見た、あの羽根飾りの付いた帽子だった。

「呂玲香さん。ちょっとそこにいて下さい」

私は大きな声を出した。しかし、メモを取りながら電話で話している呂玲香には、私の声は届いていない様子であった。

私は、呂玲香が電話を受けている場所を目に焼き付けて、羽根飾りの帽子をかぶった男の後を追った。

人混みの先に揺れる羽根飾りの先端だけを頼りに、私はその男の後を追ったが、男は慣れた足取りで人混みを泳ぐように先に進み、私との距離は次第に開いていった。

男の後を追う私の目が、不思議な動きをする二人の男の姿を捉えた。その二人連れは明らかに羽根飾りのついた帽子をかぶった男の後を追っていた。

「何者だろう。あの男たちは」

私は低くつぶやきながら、三人の後ろ姿を目と足で追った。

突然、羽根飾りの先端が視界から消えた。バルコムには、周囲の店舗の出入り口はもとより、店の軒先から細く続く道が流れ込むように走っており、姿を見逃せば再び探し当てることは不可能な程に入り組んでいる。

「すみません。すみません」

私は声を出しながら人混みの中を走った。

羽根飾りの男が曲がったと思われる場所には細い路地が連なっており、曲がりくねった道への視界は、軒先まではみ出した土産用の商品に遮られていた。

「しまった。見失ってしまったか」

私は、舌打ちをしながらも路地の先に目をやった。

軒先まで商品をつるした店先を掠め、複雑に入り組んだ路地を走るように動きながら、羽根飾りの帽子を探したが、人混みの中にその姿を見つけるのは出来なかった。私は、路地が二股に別れる地点で立ち止まり、呂玲香の待つバルコムに戻ろうとした。氷点下の気候にも拘わらず額にはうっすらと汗が滲んでいた。方向を変えた私の側を、二人の男が急ぎ足で通り過ぎていった。

羽根飾りの帽子をかぶった男を追っていた二人連れであった。

私は再びその男たちの後を追った。

男たちは狭い路地に面した雑貨店の前で歩を止めた。

私は店先につるされた衣類を選択しているかのように手を伸ばし、衣類の陰から男たちの様子を伺った。店の奥には玉を納めたガラスケースのカウンターがあり、後方の陳列棚にはお茶や木彫りの骨董品が所狭しと並べられ、その左側には「浴足」と書かれた看板が掲示され、二階へ至る階段の方向が示されていた。

間口の狭いこの店は雑貨商を営む傍ら、チベットでも人気のある足裏マッサージの店も営業している様子だった。

二人は店の中を一巡して直ぐに表に出てきた。そして携帯電話で誰かと連絡を取っていたが、大きな声で返事をすると建物の二階部分に目をやり、目と目で頷き合った。一人の男が手帳を取り出し、何かをメモしていた。

「いらっしゃいませ。防寒着をお探しですか」

突然日本語で話しかけられた。気がつけば側に若い娘が微笑んでいた。

「いや、ただ見ているだけですから」

私はドギマギしながらその場を離れようとした。

「私は日本語の勉強をしていますが、私の日本語分かりますか」

娘は、店の外まで私に付いてきた。この間、二人の男は左右に分かれて別な店の方へ歩き始めていた。路地を挟んだ向かい側の店に向かった男と私の目が合った。鋭い目つきであった。

「貴女の日本語は分かりやすくきれいな発音ですよ」

私は慌てて目をそらしながら、娘との会話をしている風を装った。

「嬉しい。日本語の勉強をしていますが、日本人と話をするのは初めてなんですよ。こんなところまで入ってくる日本人はいませんから」

娘は嬉しそうだったが、私は不安になった。

「私が日本人だとどうして分かったのですか」

男は私が気になる様子で鋭い視線を送ってきた。

「見れば直ぐに分かります。私はチベット民族ですが漢民族も直ぐに分かります」

「何か特徴でもあるんですか」

「それを説明するのは難しいです。でも中国の人でしたら、日本人は簡単に見分けることが出来ると思います。そうですね、雰囲気が違います」

私は苦笑いをしながら、再び店の中に入った。男の目から離れたいという気持ちが強く働いていた。

私は、お茶の袋が並んでいる棚の前に立ち、お茶を選ぶ素振りを見せた。

「どうぞ、お試し下さい」

娘はそう言って一つまみのお茶を炒れお湯を注いでくれた。

「おおっ、ずいぶんと苦いお茶ですね」

「苦いけど身体には良いお茶ですよ」

私はそのお茶を買う羽目になった。娘がお茶を袋に入れる作業をしている間、再び店内を見渡した。

私は「あっ」と声を上げげそうになった。被さるように吊された衣類のそばに、羽根飾りの付いた帽子が売られているのが目に入ったからである。

「あそこにある羽根飾りの付いた帽子は珍しいですね」

私はさりげなく聞いてみた。

「そうですね。あの帽子はこの店でしか売っていません。なんでも、お店の主人の友人が作っている帽子だそうです」

娘は屈託のない表情で答えてきた。

「先ほど、あの帽子をかぶっている人を見かけましたが、この店の方ですか」

私の問に娘は怪訝そうな顔をして、店の奥の方に目をやった。

「先ほど来られた方ですと章輝夫さんかもしれません」

「章輝夫さんというのは、この店のご主人のお友達で、その方があの帽子を作っている方ですか」

「いいえ。帽子を作っている方とは違います。章輝夫さんは、よくこの店に来る方です。どうかしましたか」

娘は、私があまり意気込んで話をするためか、多少訝るような表情を見せた。

「いえ、いえ。以前お会いした方に似ていたので気になりました」

私は、章輝夫なる人物については、日を改めて調べようと思った。とにかく今は、離ればなれになっている呂玲香と合流することが先決であると思った。

店の外まで私を見送った娘の「また、おいで下さい」という言葉を背に、私は元来た路地を急いだ。

## 十四

バルコムを回る巡礼者の流れとは反対方向に歩む私の足は、しばしば人々の塊に押し戻された。それでも巡礼の流れに身を任せたり、流れとは反対方向に歩いたりしながら、呂玲香が携帯電話を片手にメモを取っていた店の看板を探したが見つからず、私は焦りを感じていた。

バルコムを巡る巡礼者の群れは念仏を口の中で低く唱え、その目は遠くを見つめるように無表情であった。

突然、後ろから肩をたたかれた私は、飛び上がらんばかりに驚いた。

振り返った私を見下ろすように、背の高い男が立っていた。男の目は私を誰何するように鋭く光っていた。

「何かご用ですか」

私はさりげない表情を必死で保ちながら男を見やった。

「日本人か」

男はぶっきらぼうに聞いてきた。日本語が話せる者のようである。

「そうです。何かご用ですか」

何故私が誰何されなければならないんだとの思いを顔ににじませながら私は男に相対した。

「何故、あの男の後を追った」

男は簡単に言った。

私は一瞬、何のことか分からず、相手の目を見つめたが、直ぐに羽根飾り帽子をかぶった男のことだと判断した。しかし、男が何故私が羽根飾り帽子の男を追っていたことを知っているのか不気味だった。

「何のことですか」

私は憮然とした表情を露わにして応えた。

男は一瞬たじろいだ表情を見せたが、直ぐに後ろを振り返り、男の背後に立っていた二人連れに話しかけた。羽根飾り帽子の男を追っていた二人連れであった。

先ほど路地を挟んだ店先から私を見つめていた男がスイと近寄ってきた。男の口から言葉が発せられたが、中国語であったため理解出来ずにいると、背の高い男が日本語に通訳してきた。

「あなたは、先ほどの店で、店員に男のことを聞いていたそうだな」

「珍しい帽子があったので、帽子の話をしただけですよ。何ですかあなた方は。この国では店員と話をしてはいけないという法でもあるんですか」

私は大きな声を出して三人を睨みつけた。周囲の人たちが驚いたように振り返ったが、立ち止まるわけでもなく無表情のまま流れの輪の中に戻っていった。

男の一人が胸ポケットから警察手帳を取り出し、私の目の前に示した。中国公安部の刑事のようであった。

「警察の方ですか。私に何を聞きたいのですか」

「店員に珍しい帽子のことを聞いたことは知っている。しかし、なぜあの帽子をかぶっていた男に興味を持ったのだ」

刑事たちは、私があの店を離れるとすぐに店員に私のことを聞きだし、後を追ってきた様子であった。

「たまたまあの帽子をかぶっている人を見かけたので聞いただけです」

「たまたま?」

「偶然という意味ですよ」

刑事たちは何事か話し合っていたが、このままでは私を連行することは難しいと思ったようだった。

「あなた方こそ何故、その帽子の男に拘っているのですか」

私は、男たちが羽飾りのついた帽子をかぶった男を尾行していたことには触れずに、逆に刑事たちに質問してみた。

「拘っている訳ではない」

「それでは何故、先ほど、あの男を追っていたかと聞いたのですか」

刑事たちの顔に苛立ちが浮かんだ。

「『チベット鉄道』での事件と関係があるのではありませんか」

私は思い切って「チベット鉄道」での殺人事件のことを口にした。

背の高い刑事の目が一瞬、点になったように私の口元を見つめ、次いで連れの男たちの方に向き直った。背の高い男からの説明を聞いた二人の刑事は、私を囲むように前後に動いた。

異様な雰囲気を察して、周囲の巡礼者の流れがとまり、私を中心とした淀みが出来た。その時、

「深澤さん。捜したわよ」

明るい声とともに呂玲香が輪の中に入ってきた。

「ああっ、良かった。呂玲香さん」

私は不覚にもその場にへたり込みそうになった。

「大丈夫ですか。急に見えなくなるから心配したわよ。でも、どうしたの」

呂玲香は私を支えながら周囲を見渡した。

「あっ。王一丹刑事」

呂玲香は、驚いたように声を発すると私を支えていた手を離して敬礼の形を取った。

「呂玲香巡査ではないか。この方は、君の知っている人なのですか」

王一丹刑事と呼ばれた男は、呂玲香に微笑みかけた。路地を挟んだ店先から私を監視していた男であった。

「はい。私の従姉妹に当たる人の旦那さんの友人です。日本から見えました」

私は苦笑いをしながら軽く頭を下げた。呂玲香と話し合っていた刑事たちが握手を求めてきた。

このような人通りの多い場所では、落ち着いて話も出来ないということで、バルコムに面した食堂に場所を移した。

食事時は過ぎているにもかかわらず、テーブルは多くの巡礼者で賑わっていた。刑事の一人が警察手帳を提示すると、店の主人はぺこぺこと頭を下げ、奥まったテーブルの客を移動させ、席を確保してくれた。

男たちは、このような待遇は当然という態度でそのテーブルに腰を下ろした。

「この方たちは、ラサ地方公安部の特殊情報部の方々です。『チベット鉄道』事件に関連する調査をしていたところだそうです」

「そこへ、正体不明の日本人が紛れ込んできたため、私から話を聞こうとした訳だ」

私は、呂玲香の話に相槌を打った。背の高い男も笑顔を見せながら頷いていた。

「この人たちは、あなたが『チベット鉄道』のことを口にしたので驚いています。これまでの経緯を話してあげてはどうですか」

「呂玲香さんが来る前に、この人たちに『チベット鉄道』の事件のことを匂わせました。その時点で、これまで私が見てきたことのすべてをお話しするつもりでした。ところが、『チベット鉄道』のことを口に出したとたん、この人たちの態度が急変し恐ろしくなっていたところです」

「申し訳ない。日本人旅行者が急に『チベット鉄道』のことを口にしたので、我々も驚きました。威圧的な態度をとってすみませんでした」

横から、背の高い刑事が謝ってきた。

私は、故宮で見た二人づれのことから『チベット鉄道』車内でのことを話し、呂玲香とバルコムを歩いている時、偶然に羽飾りの付いた帽子をかぶっている男を見かけたのでその後を追った経緯を話した。私の話は、呂玲香が中国語に訳して王一丹刑事たちに伝えた。

「ところで、あなた方は何故、あの男の跡をつけていたのですか。あの男が『チベット鉄道』事件の犯人なのですか」

これまでの経緯を一気に話した私は、三人の刑事を見つめながら、胸につかえていた疑問をぶつけた。

刑事たちは困惑した表情で何事か話し合っていたが、背の高い刑事が話を切り出した。

「あなたには貴重なお話を伺い感謝しております。今日のお話は今後の捜査に活かしていきたいと思っております。ただし、今の質問にお答えすることは出来ません。私どもの特殊情報部は、別な線からあの男を追っていたという答えで勘弁して下さい」

背の高い刑事は、周囲を気にするように声を潜めながら苦しそうに答えた。

これ以上の追及は難しいと判断した私は、呂玲香の方に向き直った。

「ところで、あの男たちの身元は分かりましたか」

呂玲香は一瞬躊躇する表情を見せたが、「どうせ分かることだから構わないよ」との私の言葉に促されるように、手帳を取り出してテーブルに広げた。

「『チベット鉄道』で殺害された張廣年、ラサで建設業を営む王建軍、そしてノルブリンカ北方の湿地帯で変死体となって見つかった海子呟、この三人の出身地は共にチベット自治区南方の町ラッチエだということです。三人とも同じ地区の出身者ということで、警察署の方も興味を示していました」

呂玲香が王建軍の名を口にした時、三人の刑事の口から「おっ」という驚きの声が上がった。

「この王建軍さんという方はどのような方なのですか」

私の問いに対する返答はなかった。

見れば三人の刑事は三様に、顔をしかめた表情で黙りこくっていた。

「貴重な情報をありがとうございました。私どもはこれで署に戻ります。日本人のあなたがこの事件に首を突っ込むと危険です。あまり深入りはしないで下さい」

背の高い刑事は、そう言って立ち上がった。

この刑事だけは最後まで自分の身分を明かさなかった。

王一丹刑事が呂玲香に向かって何事か話していた。二人の目線が私の顔に注がれていた。刑事の顔は苦々しげだったが、呂玲香の顔は嬉しそうに輝いていた。

刑事たちが飲食した代金を払う素振りをみせると、店主は滅相もないという表情で大きなジェスチャーを交えて辞退した。刑事たちはそれが当然であるかのように、店主に軽く礼を言って店を後にした。

「休みをもらっちゃった。あなたが帰国するまで一緒にいて、案内するようにだって」

そう言いながら、呂玲香は屈託なく笑った。

「私が日本に帰るまで、私を監視しろ、と言うことか。馬鹿げている」

口ではそう言いながら、私の胸はときめいていた。

# 十五

呂玲香が同行していると言うだけでなぜか心強くなった私は、再度、羽飾りの帽子をかぶった男が立ち寄ったという先ほどの店を訪れた。

店先に立つと、店の奥の方から先ほどの娘が飛んできた。

「いらっしゃいませ。先ほどはありがとうございました」

と笑顔を向けたが、直ぐに真顔になって

「大丈夫でしたか。何があったのですか」

娘は呂玲香にも軽く頭を下げながら尋ねた。

「私のことをどうして心配していたのですか」

呂玲香の素性を探るように小刻みな視線を送る娘に、私は逆に質問した。

「だって、あなたが店を出ると直ぐに刑事の方がお見えになり、あなたのことを聞いていきました」

「どのようなことを聞いていったのですか」

「今の日本人はこの店によく来るのかとか、どんな話をしたのか、何の目的で来たのかなどでした。来店の目的などは私には分かりませんので、羽飾りの帽子に興味を示していたことなどを話しました。

そしたら、驚いたような表情をしましたので、かえって、私の方が驚いてしまいました。あの帽子に何があったのですか」

娘は警察官とのやり取りを思い出しつつ、また、覚えたばかりの日本語を選びながら訥々と話してくれた。

「心配をかけてしまって申し訳ありません。警察の方とは話は済んでおります」

私の言葉に娘は安堵した表情を向けた。

「先ほど、羽飾りの帽子をかぶった方がこの店を訪れたと話しておりましたが、その方は今、どこにいるかご存知ですか。確か、名前は章輝夫さんと仰っていましたが」

「はい。お見えになって二階の浴足でお休みになっておりましたが、先ほど出ていかれました。直ぐに戻ると私には告げていきました」

「どんな様子でした。慌てているとか変わった様子はありませんでしたか」

横から呂玲香が日本語で尋ねた。

「あなたも日本語を勉強しているのですか。お上手ですね」

娘は感動した面持ちで呂玲香を見た。そして、思い出すように、

「私が、警察の方と話をしているのを見ておられた様子で、警察の方が帰った後、どのようなことを話していたのかと聞かれました。私がお店に来た日本人のことと帽子のことを聞いていったと答えると、何やら思案している様子でしたが、しばらくして出ていきました」

「行き先は告げなかったのですか」

「はい。直ぐに戻るとは言っておりました。章輝夫さんが戻るまで、二階の浴足でお待ちになったらいかがですか」

娘はなかなかの商売上手である。

店の奥に続く階段を抜けると観葉植物の配されたロビーがあり、その奥に受付のカウンターが設けられていた。

「お客さんですよ」とカウンターに立つ黒服の男に言葉をかけると、

「ではごゆっくり。章輝夫さんが戻ったら連絡に来ます」

娘はそう言って階段を下りていった。

カウンターの奥に廊下が続き、その両側に「浴足」の個室が並んでいた。それぞれの個室には、二台のリクライニングシートが設置され、正面には薄型の壁掛けテレビが掛けられていた。客はテレビを見ながら足裏のマッサージが受けられるようになっていた。

雑然とした古い建物が立ち並ぶバルコムの一角に、このように近代的で清潔な施設があること自体驚きであったが、客室の前に置かれた履物には婦人物が多く、来客する多くが女性客であるのも驚きであった。

チベット文化圏は、女系家族を中心とする伝統の強く残っている地域ではあるが、このような新しい施設にも躊躇することなく出入りする女性の積極さには脱帽だった。

店に勤めるマッサージ師の殆どがこれまた女性であり、男性は客室への案内程度の仕事しかしていなかった。私は呂玲香と椅子を並べ壁掛けテレビを見ながら、マッサージを受けることになった。

担当のマッサージ師が、薬草の入った桶を足元に置いた。しばらくはこの薬湯に足を浸す足湯を施し、それから足裏のマッサージに入る順序らしかった。押されると激痛の走る部分もあり、足の裏には多くのツボがあることも教わった。

マッサージ師は、私が痛みで表情を変えるたびに「ストマック」とか「レバー」などと、弱っている臓器の名を上げながら術を施してくれた。

私は、これまでの疲れと先ほど来の緊張のため、心地よい眠りに入った。

突然、廊下を走る音と「待ちなさい」と言う呂玲香の声にたたき起こされた。あわてて周囲を見回したが、隣の椅子でマッサージを受けていた呂玲香の姿は無く、担当のマッサージ師も「何事か」と訝しげな表情を見せ、廊下を覗いていた。

私は急いで立ち上がった。そこへ、呂玲香が緊張した面持ちで入ってきた。

「驚きましたか。今詳しいことをお話します」

呂玲香は、そう言って微笑んだ。

呂玲香の説明によると私が寝入った後、先ほどの娘が部屋に顔を出し「章輝夫さんが戻りました」と告げに来た。私が寝入っているのを見た呂玲香は、「私がお会いします」と言って、章輝夫にロビーで待つように伝言した。

ロビーで呂玲香を迎えた章輝夫は、「あなたが私に会いたいといっていた日本人ですか」と聞いてきた。探るような鋭い目つきであった。

「あなたに会いたがっている日本人は、今、足裏マッサージを受けているので、しばらくの間、自分が応対します。私は呂玲香と言います」

と、警察官であることは告げずに名前だけを名乗った。

「呂玲香さんはガイドさんかい」

章輝夫の鋭い目つきが軟らかくなった。

「まあ、そんなところです。章輝夫さんは何をなさっておられますか」

章輝夫はその問いには答えず、

「そんなことより、私に用があるという日本人は誰で、どのような用事なのかを教えて下さい。私に日本人の知り合いは居りません」

「深澤さんと仰る方で、先日チベットへ旅行に来た方です」

「その人が?」

章輝夫は訝しげな表情を浮かべた。

「話は変わりますが、章輝夫さんは最近北京へ行かれたことがありますか」

呂玲香の問いに、章輝夫の目つきが変わった。

「こんな田舎者が北京へなどいくわけが無いでしょう。それとも、その日本人は北京で、私によく似た人と出会ったとでも言っているのですか」

章輝夫は、呂玲香を睨み付けるように言い放った。

「あなたを北京の故宮博物館で見かけたと言っております。そして『チベット鉄道』の車内でもあなたを見かけたと言っております」

「だっ、誰だ。お前は」

章輝夫が椅子から立ち上がった。はずみでロビーのテーブルが転倒した。

黒服のボーイが慌てて飛んできた。

「お客さん困りますよ。お座り下さい」

ボーイはテーブルを起こすと、章輝夫への椅子を指した。

「私は、その日本人が確認したいと言っていたことを告げているだけです。あなたが北京にも行っていない『チベット鉄道』にも乗っていないということであれば、そのように伝えます」

「当たり前だよ。行ってもいないのに、いい迷惑だよ」

章輝夫は、怒りを抑えるように言葉を発したが、目の奥に一瞬不安そうな色を浮かべたのを呂玲香は見逃さなかった。

「あなたは、ラサで建設業を営む王建軍さんをご存知ですか」

呂玲香は、落ち着いた口調で章輝夫の目を見た。

「何が言いたいのだ。お前は」

押し殺すように呟いた章輝夫の表情が険悪になってきた。

「王建軍さんをご存知なのですね」

呂玲香は、危険を感じながらも念を押した。

「知ってるわけが無いだろう。迷惑な話だ」

章輝夫の声は震えていた。

「私が日本の方に代わって聞きたかったのはこれだけです。今までのことを否定されるのでしたら、直接日本人に会って否定して下さい。一緒に参りましょう」

呂玲香は、その場に立ち上がって同行を促した。

章輝夫も成り行き上、同行を断る口実も見つからなかったと見え、忌々しそうな表情を見せながら呂玲香の後についてきた。

白山と書かれた「浴足」個室の前に立った時、章輝夫が声を掛けてきた。

「お嬢さんよ。あんたは只のネズミじゃあねえな。一体何者なんだい」

章輝夫の言葉が荒くなってきた。

呂玲香は、ポケットから警察手帳を取り出し、章輝夫の鼻先に押し付けるように広げて見せた。

章輝夫は一、二歩後ずさりすると、踵を返して脱兎のごとく廊下を飛んでいった。

「待ちなさい」

呂玲香の声を無視して、章輝夫は階段を転げ落ちるようにして走り去った。

## 十六

王一丹刑事たち三人は、チベット自治区ラサ公安部の中に設けられた特殊情報部の部屋に戻った。

大部屋から隔離されたこの部屋の扉には「民族対策室」と書かれた看板が掛けられ、その周囲に民族対策に関わるさまざまなスローガンが掲げてあった。

中国人はスローガンの好きな民族である。「二〇〇八年の北京五輪を成功させよう」とか「上海万博に民族の英知を結集させよう」など北京五輪や上海万博の成功を謳ったスローガンは、主要都市のいたるところに張り巡らされており、人里はなれた山の中にまで展開されている。

しかし、華々しいスローガンとは裏腹に、一般の人々にとって五輪や万博はどうでもよいことであって、この事業によって生み出される特需への関心の方が高くなっている。

現に、五輪や万博を視野に入れた高速道路建設や一般道路の整備、さらには、ガス・水道などのインフラ整備に多額の投資が行われ、観光客を当てにしたホテルや海外投資を見込んだオフィスビルの建設が、突貫工事状態で進められている。

当然、都市部だけの人手では足りないので、都市部から遠く離れた寒村にまで労働者の募集が行われ、農村部の働き手が出稼ぎの形で都市部に流入している。働き手を都市部に奪われた農村地帯では、女性や年配者が田畑を守ることになるが、少ない人手ではこれまでと同じ収穫量には届かず、これまでは豊かだった農村部の緑も失われると同時に、農村部に長年培われてきた共同体という組織の崩壊も見られるようになっている。

背の高い男はこの部屋の室長補佐の要職にある者で、この国の秘密情報機関とのつながりも噂されている男であった。

「あの日本人は、何か意図を持ってチベットに来たのか」

「意図というのは、民族運動のことか」

「そうだ」

「いや。そうではあるまい。只の観光客だったが、たまたま乗った『チベット鉄道』で、事件の関係者と思われる人物と遭遇し、深入りしすぎたというところだろう」

「それにしても、彼らの口から王建軍の名が出た時は、驚いたよ」

「早速、西寧やゴルムドの駅へ最寄の警察署から王建軍の写真を送付させろ。そして、乗務員などの関係者に確認させろ」

背の高い男の命が飛んだ。

青海省ゴルムド市の公安部に連絡が届いたのはその日の夕刻であった。

署内に設けられた「チベット鉄道殺人事件捜査本部」の下に、ラサ市の建設業王建軍の写真とその経歴そして羽飾りの帽子をかぶっていた章輝夫の写真が届いた。王建軍の写真は正面からのものと横顔が準備されていたが、章輝夫の写真は望遠レンズで撮影されたもののようで、顔の輪郭ははっきりしなかった。

王建軍の写真がこれ程鮮明に記録されているということは、ラサ署の特殊情報部は以前から彼に関する情報を収集していたことを物語っていた。

捜査本部長を務める列布雄刑事は、署員にその写真を配布し、関係者からの証言を取ってくるよう指示を出した。

ゴルムド駅に向かった刑事は、駅長にその写真を提示し、事件当日「チベット鉄道」に乗務していた車掌と客室乗務員に、この二人が当日乗車していたか否かの確認を取るように依頼した。

駅長が本部に問い合わせた結果によると、その時点では、両者ともに今朝ラサ駅を発って西寧駅に向かった「チベット鉄道」に乗務しているとのことで、その列車がゴルムド駅に到着するのは、その日の夜になるとのことであった。

諦めかけた刑事に向かって駅長が声を掛けてきた。

「その写真を貸して下さい。スキャナーで撮って『チベット鉄道』へメールで送信して確認をしてみます」

「そのようなことが可能なのか」

刑事たちは驚いた表情で駅長を見た。

「大丈夫です。『チベット鉄道』はメールの送受信も可能なんです」

駅長は事務的に答えると、写真を持って奥に引っ込んだ。しばらく待たされた刑事たちの下に、一通の用紙が届けられた。

〝王建軍……被害者の張廣年と同室の客に酷似している
章輝夫……六号車の一般席に乗車していた客に似ている〟

極めて事務的な文面だが、文末には、証言した車掌と客室乗務員のサインが記載されていた。

「列車が到着した時点で再度確認することにしよう」

そう言いながら刑事たちは捜査本部に戻った。部屋では、スーパー「洋洋」社長の張望民と同行の部長が呼ばれていた。

「お忙しいところ申し訳ありませんが、この写真の男に見覚えが無いか教えて下さい」

そう言いながら列布雄刑事はテーブルの上に写真を広げた。

「この男ですよ。『チベット鉄道』での被害者と同室の男で、被害者と口論になったり、漢方薬の話をしていたのは」

王建軍の写真を手に取りながら、張望民社長が言い切った。

「ありがとうございます。この男を覚えていませんか」

列布雄刑事が章輝夫の写真を手に取りながら二人に尋ねた。

「うーん。一等寝台では見かけなかった顔ですね。しかし、断言は出来ませんが、ゴルムド駅で降りる際、見かけたジャンパー姿の男に似ているな」

しばらく写真に見入っていた同行の部長が呟くように言った。

列布雄刑事は、当時の様子を再度確認するように尋ね、二人には丁重に礼を言って帰宅させ、直ちにラサ署の特殊情報室に報告した。

特殊情報室室長補佐の李烈と名乗る男から、捜査に対する礼と共に、「チベット鉄道」の事件に関して、ゴルムド署との合同捜査会議を開催したいので、至急ラサまで来るようにとの指示が伝えられた。

「分かりました。直ちにそちらの方に向かいますが、『チベット鉄道』は明朝七時にゴルムド駅を発つ便しかありません。ラサ駅に着くのも明日の夜十時過ぎになります」

列布雄刑事からの報告を受けながら、室長補佐の李烈は時計を見た。

「そうか、そんなに時間がかかるか。でも、やむを得ないな。わが国は広いからな」と苦笑いを浮かべながら電話を切った。

## 十七

松村と潤香は息せき切って戻った私たちを見て、直ぐに店を閉じた。

出されたお茶もそこそこに、バルコムで羽飾り帽子の男を見掛けたこと、その男は章輝夫と名乗っていること、なぜかラサ署の刑事もその男を追っていたことや私が刑事たちに詰問されたこと、そして浴足店での章輝夫とのやり取りなども話した。

「大変だったわね。その章輝夫という人は王建軍さんの知り合いだったのですか」

潤香が目を輝かせて聞いてきた。

「公安の人たちも王建軍さんのことは知っていたようでした。章輝夫という人にそのことを確かめようとしたら逃げちゃったのよ」

「あの王建軍さんがね。この地区をまとめてくれる立派な人だと思っていたのに」

松村は王建軍が公安にマークされているのが信じられない様子であった。

「ねえ、これから、私たちで王建軍さんの家を訪問してみない」

潤香が提案した。

「そうね。このままだと何かモヤモヤして気持ちが悪いわよ」

呂玲香が直ぐに賛同した。

「夜も寝付けない」

潤香の言葉に呂玲香も「そう。そう」と言いながら笑いこけた。

「でも、どのような口実で王建軍さんの家を訪問するのですか。まさか、『あなたは、チベット鉄道事件の関係者ですか』などと聴くわけにはいかないだろう」

「それはそうよ。恒男さんが『私の友人が日本から遊びに来ました。お土産を持ってきたので日ごろからお世話になっている王建軍さんにおすそ分けです』とか何とか言って話をして、それとなく聞き出せばいいじゃあない」

主導権はすっかり潤香に握られていた。恒男とは松村の名である。

善は急げといわんばかりに、潤香は私が持ってきたお土産のいくつかを袋に収め、「さあっ、行くわよ」と我々を急き立てた。

王建軍の家は、石積みブロックの塀に囲まれており、鉄格子で閉ざされた門の奥に建っていた。一般の家は門や塀などは設けないのが普通であるが、富裕層と呼ばれる家などでは、サクセスを誇示するかのように大きな門構えの家を建設する者も多い。これは王建軍に限ったことではない。

「ニーハオ」

潤香はモニター付きのインターホンに顔を近づけながら同じ町内で漢方薬の店を営んでいる救命堂だと告げた。

電動式の大きな鉄製扉が左右に開かれ中に導かれた。

応対に出たのは長い髪を三つ編みにした王建軍の夫人であった。突然の四人の訪問であるにもかかわらず、笑顔と大げさと思える身振りを交えながら迎えてくれた。床には大きなチベットじゅうたんが敷かれ、室内の調度品は、ノルブリンカや多くの寺院などで目にした、チベット地方の色彩を強く意識したデザインの物が多く、チベット文化をこよなく愛するこの家の主人の思いが伝わってきた。

「ご主人はお仕事ですか」

ひとしきり挨拶を済ませた後、潤香がさりげなく聞いた。

「はい、いつも遅いんですよ」

夫人は微笑みながら答えた。

「ちょっと待って下さい。今、主人に連絡を取ってみますから」

夫人はそう言って会社に電話を入れた。本社はラサ市内にあるが、工場や資材置き場などはラサの郊外に数箇所確保してあるとのことであった。

「急な主張で不在だそうです」

夫人は受話器を置きながら独り言のように言った。

「出張は多いのですか。日本にもいらしたことがありますか」

私は、後ろめたい思いを抱きながら聞いてみた。

「日本に行ったことはありませんが、いつも、国内を飛び回っています」

「飛行機を使っての旅行が多いのでしょうね。なんと言っても中国は広いから」

私は、中国の広さをカモフラージュに使いながら再度聞いてみた。心が痛んだ。

「はい。チベット自治区の中は車を使いますが、いつもは飛行機ですね。つい先日も北京へ行ってきたばかりです」

「その時も飛行機でしたか」

「はい。そう言っていましたが」

夫人は、怪訝そうな顔をしながら答えてきた。王建軍は「チベット鉄道」に乗車したことを夫人には知らせていない様子だった。

「主人は出張というと遅くなりますので、ご一緒に食事でもいかがですか。そのうちに帰ってくるでしょう」

我々は夫人の申し出を受け入れた。

お手伝いさんが造ったというチベット料理は、この地方の伝統料理で、出された酒もまた高級なものであった。

一番の話題は、松村と潤香の結婚に至るまでの経緯と、現在の店を開店するまでの苦労話であった。特に、松村が日本の田舎に住む両親の承諾を得るために両国を行き来した顛末は、夫人にとっても感動的なもののようであった。

「やはり、外国の方と結婚するのは大変なことなのね。今では、チベット人の中にも漢民族の方と結婚する人も増えているけど、お嫁さんもお婿さんも共に両親の承諾を得ることが難しいと聞いています」

「奥さんが王建軍さんと結婚する時何か障害は無かったのですか」

私は、夫人の言葉がとぎれるのを待って聞いてみた。

「そうね。私が結婚する時は、彼は今の会社を立ち上げたばかりのころでした。これからは人手だけではなく、建設用の重機をそろえる必要があると言って、遠く西寧の街まで中古のパワーシャベルなどを買い付けに行っていました。この地で、ここまで手広く建設業を営めるようになったのは、そのような苦労があったからだと思います。私は、彼が重機などを手に入れるために奔走していたころ、近所の人から彼を紹介されました。私は両親とこの町に住んでおりましたので、働き者ということで彼を紹介されたのです。でも、結婚したころからしばらくは、私も一緒に事務などの仕事を手伝いました」

夫人は遠い昔を振り返るようにゆったりと話をした。

「奥さんはラサ市内の生まれとのことですが、王建軍さんも同じ地区の出身ですか」

「いいえ、彼は昔のことには触れたがりませんが、ラサより南の方にあるラッチエという村が自分の故郷だと言っておりました」

私たちは平静を装いつつ顔を見合わせた。

「結婚する時ご主人の両親とはお会いにならなかったのですか」

潤香が畳み込むように言葉を発した。私は、何か探りを入れているようで胸が痛んだ。

「彼の父親は、青蔵公路の建設に駆り出され、そこで亡くなったということでした。母親も旅の途中で亡くなり、兄や妹も既に亡くなったと言っておりました。ですから、ラッチエの村には知っている者はいないとも言っておりました」

「青蔵公路とは、例のチベット動乱の後、中華人民共和国軍がチベット人に強制労働を強いて完成させたと言われる道路ですね。あのころの道路建設は過酷なものだったのでしょう」

「王建軍はそのことには触れたがりません。でも、父親が亡くなって随分と苦労をした様子は知っておりました」

「そのことは王建軍さんからお聞きになったのですか」

「いいえ。私は、古くから会社にいる方から聞いております。でも、ラッチエの人たちからは時々手紙が届いています」

「奥さんはラッチエに行ったことはありますか」

「いいえ。何度かあなたの故郷をみたいと言ったことがありましたが、主人は何もない村だと言っておりますし、私の知っている親戚が居るわけではないので、最近は連れていってくれと頼んだこともありません」

「それでも気になるでしょう。この日本人は小さな村の文化を調べてたいという希望を持っています。滞在中にその村を訪問させたいのですが、住所などは分かりませんか」

　松村が、私をダシに使ってラッチエ村のことを聞き出そうとした。

「日本の方が、チベット文化を調べたいと言うのであれば、王建軍にラッチエの方から連絡のある方の住所をお知らせしましょう。もし、ここを訪れるのでしたら、ラッチエから戻られたらどのような村だったかを私に教えて下さい」

そう言って夫人が手文庫を取り出し、一通の手紙をテーブルの上に置いた。チベット語で書かれた手紙だった。

「中を見るわけにはいきませんが、かなり分厚い封筒ですね」

私は、封筒を手に取り呂玲香に示しながらテーブルに手紙を戻した。呂玲香が「村の住所を写させて下さい」といって封筒に書かれた住所をメモした。

「手紙は仕事の話ばかりですよ」

夫人は少し寂しげな表情を浮かべた。

その後は、日本の話やポタラ宮殿などの話に花が咲き、夜も更けてきた。夫人への王建軍からの連絡はとうとう無かった。

「ご主人、遅いですね。夜も更けましたし、これ以上おじゃまするわけにはいきませんので、この辺りで失礼します」

そう言って私たちは王建軍の屋敷を後にした。

## 十八

翌日早朝、我々は王建軍の生まれ故郷であるというラッチエの町を訪れてみることにした。

チベットとは、サンスクリット語の「天国」を表す言葉が転化したとも言われている。四川省の西部や青海省南西部を含めたこの地は、独特の文化が残っており、総称してチベット文化圏と呼ばれている。この広大な文化圏には、ネパールとの国境に聳える世界最高峰のチョモランマ（エベレスト）や聖山として信仰を集めるカンリンボチェ（カイラス山）などが鎮座している。この文化圏の南東ミャンマーとの国境付近には、幽玄な場所として知られ「理想郷」とも呼ばれているシャングリラや、白くたおやかな峰々の連なる玉龍雪山や梅里雪山などの名所があり、世界の屋根と呼ばれるに相応しい景観を備えている。更に、エメラルドブルーの水を湛えた九塞溝や黄龍などの湖が点在し、神秘的な雰囲気を醸し出している。

早朝にラサを発った松村のワゴン車は、チベット第二の都市シガツエに向けて疾走した。ラッチエの町はシガツエへの行程の途中から東方へ走ることになる。

ヘッドライトの輪の中に白く浮かぶ道路の左方にはラサ川が続いていた。ようやく明るくなりかけた天からの光を受けキラキラと輝く水面は、河岸を凍らせ中心部だけが波打っていた。それでも逆光に光る水面には数百羽の水鳥が群れ遊び、紅の刺してきた山麓に向かって飛翔していった。

シガツエ市に至るおよそ四百キロメートルの街道は、昨年新たに開通したばかりとのことで、夏でも草木は育たず苔のみが生育していそうな土漠・礫漠の山並みに、幾何学的な線を描くように延びていた。

神秘の湖として知られる「ヤムドク湖」は、ラサ市の南方約百七十キロメートルの地にある。別名「トルコ石の湖」と称されるほどの蒼さを有した淡水湖で、高所の湖として知られるペルーのチチカカ湖よりも高い場所に位置し、背後に聳えるヒマラヤの雪嶺を従えるように広がっている。

街道には、ヤムドク湖を見下ろす景勝地カンバ峠があり、その先にシガツェ市への道が続いている。舗装面も真新しい道路は、すれ違う車両の数も少なく、耕耘機にリヤカーを取り付けた車両がゆっくりと走行するなど、地域の生活道路としての印象が強い。冷たい外気のため、車の暖房を高めても車窓は我々の息でくもり、防寒着を着込んだままの旅となったが、土漠・礫漠の大地がはてしなく続く景観は、寒さを忘れさせる迫力があった。

標高四千九百九十メートルのカンバ峠の下には、入り組んだ入り江を持つヤムドク湖が広がり、澄んだ湖面は蒼く輝いていた。複雑な入り江の形がサソリを彷彿させるとのことで、別名サソリ座の湖とも呼ばれる。

カンバ峠には、地点の名称と標高を示した看板が設置されており、久しぶりに五千メートルに手の届く地点に自分の足で立つ感動を味わうことが出来た。

峠には多くのタルチョが飾られ、寒風にたなびいていた。タルチョとは教典の書いてある旗のことで、この文化圏の人々は赤、黄、白、青、緑の五色の布に教文を書き、それをつなげて旗として整え、それを紐に吊したりポールに結びつけたりして、山頂や稜線に飾り付ける。これらの旗は天空つまり宇宙を表しているといわれる。

カンバ峠にたなびくタルチョの紐に、潤香に巻いてもらった白い布のタカを結びつけ、これまでの感謝を込めて奉納した。

このような高地にもかかわらず、どこかに人家があるとみえ、我々の車めがけて走り登ってくる一団があった。それぞれに動物を引き連れて駆け上ってきた彼らの目的は、動物を写真のモデルに使うことで報酬を得るためであった。チャウチャウの雑種犬を「ヤク、ヤク」と言いながら写真をせがむ少年がいた。嘘をついているとの負い目があるのか、さすがに顔を伏せたままの弱々しい声だったが、そのような嘘をつかなければ生活出来ない現実を目の当たりにして寂しい気持ちに襲われた。

その一方で、聖なる湖に祈りをささげに来る巡礼者もあり、タルチョの下で小さな火をおこし、収穫した穀物を火にくべながら、来期の豊作を祈念する念仏を唱えていた。

峠を降りた車はヤムドク湖を巻くようにその湖岸を走り、やがて対岸からヤムドク湖を見下ろす峠に登った。その先にシガツエへ市への道がこれまた幾何学模様を描くように続いていた。

シガツエ市からも古くはキャラバンが行き来した道路が繋がっており、標高五千二百二十メートルのラツオラ峠を越え西走すれば、エベレスト・ベースキャンプへの入り口であるシカールという村に至る。そこからの街道を南下すれば、ネパール国境の友誼橋に至り、橋上に描かれた二本の赤い国境線を跨げばネパール王国へ入国出来る。途中のコダリ村を通過すれば首都カトマンズまでは僅かな距離となる。

また四輪駆動車を使えば、シカール村からは寺院としては世界最高所にあるロンボク寺までの走破が可能であり、シカール村から徒歩あるいは馬車を使えばエベレスト・ベースキャンプへ至ることが出来る。

ヤムドク湖を後に、小さな峠を越えた車はやがて大きな交差点にさしかかった。直進すればシガツェ市への道となるが、我々はそこを左折してラッチエ町へ方向を転じた。

古くは雲南省や四川省とチベットを結んでいたキャラバンルートをそのまま道路として活かし、舗装を施した路面は思った以上に整備されていた。ここまでは快適に飛ばしてきた車も、ラッチエ町への道路にハンドルを切ったとたん、ダートのデコボコした小道を走ることになった。

ラサを発ってほぼ六時間でラッチエ町の入り口らしき場所に到着した。町とは名ばかりで、平原が緩やかに隆起したように広がる丘と丘の間に数軒の民家が点在する風景が続き、集落の中心地を探すのは極めて困難であった。

途中すれ違う車もなく、走行する道路から各集落に向けた細道が延びているだけで、その道がかろうじて文明社会との交点となっている様子であった。

「寂しい町だね。町の中心はどの辺りにあるんだろう」

「町の中心には、役場があるはずだよ。そこで、王建軍さんの知り合いの家を教えてもらおうよ」

「まずは、町役場の在るところを誰かに聞いて見ようよ」

そう言いながら、皆が車外を見渡したが人影はなく、遠く、ヤクの群れが草を食む姿が望めるだけであった。

「あっ。あそこに人がいるよ。あの人に役場の場所を聞いてみよう」

見れば、馬上に鞭を操りながら羊の群を追う一人の男が丘の麓を歩んでいた。

「ニーハオ。この町の役場はどの辺りに在るのですか」

潤香が男の下に走り寄ってチベット語で聞いた。

怪訝そうに車を見ていた男は、鞭の先で後方を指し「あっちの方だ。あなた方の車は役場への道を通り過ぎてきたようだよ」と気の毒そうに言った。

「王建軍さんという方をご存じではありませんか」

潤香が序でにという気持ちで聞いてみた。

「さて。そのような人は知りませんな」

男は素っ気無く言ったが、一瞬、細い眼光が潤香に注がれたことに、彼女は気が付かなかった。

我々は元来た道を引き返し、役場があるという細道に車首を向けた。

役場への道は細かったが、役場の前には広場があり、その周囲には数軒の店が並んでいた。役場に隣接して警察官の詰め所も設置してあり、数名の警察官が詰めていた。

「この住所はどの辺りになりますか」

呂玲香が王建軍の夫人から見せてもらった住所を手に、対応に出た警察官に尋ねた。

「ここからはかなり離れていますよ」

警察官は紙に略図を書いてその土地を示してくれた。小さな峠を三箇所も通過しなければならないその地は、遙かに雪を頂く山並みの麓の方であった。

小さな峠を二つ過ぎ、眼下に広大な原野が望める地点で松村が車を止めた。遙か彼方の小高い丘に向かって道路が延び、その後方には雪を抱く高峰が連なっていた。原野を突き抜けるように続く道路からは、丘の麓にある集落に通じる小道が延び、その先には数軒の家並みが点在していた。ラッチエは町と言っても塊まった町並みがあるわけではなく、このような集落ごとに自治組織が形成され、それぞれが独立した集団として地区を形成しており、それらをまとめた形で町と言う組織体が出来ているらしかった。

彼方の丘から続く道路を驀進してくる車が見えた。後方に砂塵を伴った車はやがて、とある路地に方向を転じその小道を進んでいった。赤色の車であった。

「あの車、王建軍さんの車かもしれないわ。確か、王建軍さんの乗っている車は赤い色のボルボだったわよ」

潤香が砂塵を指さしながら言った。

我々は急いで峠の坂道を降り、先ほどの車が方向を転じた地点の轍を追った。暫く小道を走ると、十数軒の家が軒を並べる集落に着いた。

家並みの中央にある大きな家の前に赤いボルボが停車していた。

「王建軍さんの車に間違いないわ」

潤香の言葉に促されるように、我々は車を降りた。

車から降りた我々を迎えるように、その家からも数人の男が姿を現した。その中には、王建軍の顔もあった。

「やあっ、いらっしゃい。よくここが分かりましたね。救命堂のご夫婦と日本人の方ですね。お待ちしておりました」

王建軍が穏やかに我々を迎えた。他の男たちは我々を取り囲むように輪を作った。

「ご心配には及びません。あなた方に危害を加えるようなことはありません。あなた方がどのようなことを知りたがっているのかは分かりませんが、我々は信念を持って行動している同志ですから」

決意を胸に秘めたような王建軍の言葉と態度は丁寧だった。

「一緒に来ている呂玲香さんは、ラサ署の警官ですが今日は妻の友人としてここに来ております。彼女は休暇中であり、この件で捜査をしたり上司への情報提供などは行っておりません」

松村が、呂玲香が警察官であることを告げた時、周囲には緊張が走ったが、王建軍が手で制しながら、

「バルコムで章輝夫と話をした婦人警官だろうと思っておりました。おーいっ、章輝夫、お客さんだよ」

そう言いながら、奥に声を掛けた。

あの羽根飾りの帽子の男が顔を出した。目は、呂玲香を睨み付けていた。

「章輝夫よ。そんなこわい顔をするな。この人たちに我々の話を聞いてもらおうではないか」

王建軍はそう言いながら我々を室内へと案内した。

## 十九

室内では石油ストーブが焚かれ、石張りの床にはチベット絨毯が敷かれていた。女が運んできたお茶を勧めながら、王建軍が話を始めた。

「チベットは今でこそ中国に組み込まれておりますが、この地は、どちらかと言えば、古くから政治や経済の面でインドとの関係が深かったのです」

「どのような交易が行われていたのですか」

「インドからは米や麦が運ばれ、チベットからは岩塩や香辛料が運ばれたと聞いております。これに併せて、両国の文化交流も盛んでした」

「仏教の経典なども運ばれてきたわけですね」

「そのとおりです」

「インドとチベットの間には、世界の屋根と言われるヒマラヤ山脈が横たわっております。そのような山地を越えていくことは可能だったのですか」

「昔の人々、特にキャラバンを組んで通商を営む人々は、僅かな窪みを見つけてはそこを通商のルートとした模様です。古くから開拓されたインド東北部のシッキム地区とのキャラバンルートやネパールのコダリ地区に抜けるキャラバンルートは今でも自動車道路となって残っています」

「その他にもルートがあったのですか」

「今言ったルートはよく知られていますが、インドからネパール王国を経由してムスタン王国に至り、そこからチベットへ入るルートもありました。ガンジス川の支流であるカリ・ガンダキ川沿いにつくられたこの道は、一般に『ジョンソン街道』と呼ばれております。この街道は、今でも車輌での移動は不可能で、キャラバンを編成した往来が行われております。しかし、『青蔵鉄道』が開通した今となっては、この街道を利用する人は少なくなりました」

「ムスタン王国ですか」

「今では、ネパール王国の従属国となり『幻の王国』となってしまいましたが、ヒマラヤの山中に、敬虔な仏教徒の国が在ったのです。彼等は、交易で得た資金で仏教の教典などをそろえました。サンスクリット語の仏典が残っているのは、おそらく、ムスタンだけでしょう」

「ヒマラヤを挟んでムスタンとチベットの間に巨大な文化の花が開いた訳ですね」

「はい、両国を含めて、中国との間にも共存共栄の国交が続いていました。しかし、第二次世界大戦が終了したころから、中国国民党政府はチベットに人を送り込むようになりました」

「中国政府の意図的な動きが感じられますね」

「そのとおりです。そのころからチベットを中国本土に組み込む計画があったのでしょう」

「チベット政府はそのことに気が付かなかったのですか」

「当然、気が付いておりました。しかし、あの当時ですから、まさか侵略されるとは思っていなかったのではないでしょうか」

「中国人の進出が目立つようになった一九四九年、時のチベット政府は、ラサに駐在していた中国国民党代表部に対し、入国の制限と退去の勧告を行いました。チベットから出ていって欲しいという要望です」

「当然な要求ですね」

「しかし、その勧告は無視され、聞き入れられることはありませんでした」

「当時は未だ、中国国民党の政権だったのですか」

「入国制限や退去勧告を行った時は中国国民党が支配しておりました」

「中国共産党ではなかったのですか」

「はい、その時は国民党でした。ところが、その年の十月一日、政権を手にした中国共産党は中華人民共和国の樹立を宣言しました」

「現在の中国政府の樹立ですね」

「中華人民共和国政府は、その設立と同時に『チベット人民を外国の帝国主義から解放する』との口実の下、チベットを中国の一部に組み込んだのです。そして、翌年の一九五〇年、人民解放軍は東チベットへ進出し、その翌年の一九五一年には、チベットの首都ラサへ進駐したのです」

「中国政府は人民解放軍の進駐とともに、チベット人を強制的に動員し、ラサへの公路の整備を開始しました。ラサから東への青蔵公路や西への康蔵公路など四千キロメートルに及ぶ公路は、三年後の一九五四年に完成しました」

「昨日、王建軍さんのお父さんもこの公路建設に従事していたと、あなたの奥様から聞きました」

「そのようですね。昨夜、遅く家内に電話を入れた時に言っておりました。その時、ラッチエ町に住む私の友人の住所を教えたと言っておりましたから、近い内に見えるとは思っておりました。あなた方が帰った直後でしたよ」

「当時はユンボやブルドーザのような重機も無かったので工事は大変だったでしょう」

「殆どが人海戦術だということでした。私の親父も強制労働に駆り出されました。親父はその工事現場で亡くなりました。そのころ小さかった私には工事のことは分かりませんでしたが、後になって母親から過酷な労働だったことを聞かされました。親父も亡くなりヤクなどの家畜も解放軍などに奪われた母は、この村に留まることが出来ず、兄や妹を連れて各地の工事現場を転々として生計を立てていました。私も、十歳のころから母の仕事を手伝って二十四の時にラサに戻り今の仕事を立ち上げました」

「苦労されたのですね。当時造られた道路は今でも残っているのですか」

「あなたが乗ってきた『青蔵鉄道』の路線とほぼ同じルートでした。ですから『青蔵鉄道』はその途中から、ほぼこの青蔵公路と平行して走っております。現在では国道一〇九号線として車窓から見え隠れしております」

その時、表に蹄の音が響き、一人の男が家の中に入ってきた。先ほど道を尋ねた羊飼いの男だった。

男は、我々が王建軍とにこやかに話をしているのを見て、

「会えて良かったですね」

と、ニヤリとしながら言った。先ほど王建軍などは知らないと言ったことなど忘れている様子で話しに加わった。

王建軍の話は続いた。

「人民解放軍が進駐して以来、解放軍による軍事支配は強化されました。そのため、チベット人と解放軍との間で小競り合いが続きました」

「軍事支配だけならまだしも、家畜を略奪したり女をかどわかしたりとやりたい放題でした。これは、ラサなどの都市部を離れるほどひどいものでした。そのため、この村は大きな被害を被りました」

別の男が憤慨に堪えないという口調で口を挟んできた。

王建軍はその男を制し、再び話し始めた。

「人民解放軍の進駐を苦々しく思っていた当時のチベット仏教の最高指導者第十四世ダライ・ラマは、チベットの主権を主張しました」

「現在、インドに亡命しているダライ・ラマさんですね」

「そうです。当時のチベットを治めていた最高指導者からの抗議であるにも拘わらず、中国政府はこのことを無視しました」

「更に、中国政府は一九五四年に、チベット政府に何の相談もなく、中国とインドの国境を定めるチベット協定を結びました。この協定でさえ、地図上における両国の国境線の食い違いなどもあり、問題を残したままとなったのです」

「一九五九年三月十日チベットの勇士たちは、ダライ・ラマを擁して、中国共産党の傀儡分子を殺害し反乱を起こしました」

「傀儡分子ということは、自分たちの国が、中国共産党によって支配されることを歓迎する人たちも居たのですか」

「悲しい現実ですが、権力者に取り入ろうとする人が出てくるのは世の常です。その意味から真の敵はチベット人自身だったかもしれません」

「……」

「やがて、この反乱はラサ地区から南部チベットへと広がっていきました」

「このラッチエ町は、南部チベットに位置するのですか」

「そうです。今でこそ町と名乗っておりますが、当時も離れた集落が点在する典型的な田舎の村でした。人々は放牧と乳製品の加工で生計を立てておりました。貧しいながらも人情味に富んだ土地だったのです」

「そしてその五日後の三月十五日には、チベット人民二万人と解放軍四万五千人との間で、全面的な戦闘となりました。しかし、人員と装備に勝る人民解放軍の前にチベット人民は為す術もなく、戦いは三日後にはその雌雄が決し、人民解放軍は三月二十二日にはラサ地区を制圧し、反乱を起こした人々をインド国境へと追い込みました」

「……」

「第二次世界大戦を戦い抜いた解放軍の装備は、軽機関銃は勿論多くの迫撃砲に加え、建設なった公路を移動してきた戦車や大砲まで準備してきました」

「……」

「これに対して、チベット人民軍の装備は、自動小銃は良い方で中には弓矢を構えて立ち向かった人もおりました」

「軽機関銃に対して弓矢ですか。勝負になりませんね。仲裁に入る国は無かったのですか」

「アメリカやイギリスは強く抗議をしたと聞いておりますが、確かなことは分かりません。所詮は他国のこと、他人事ですよ」

「日本は今でも外交下手ですから何も出来ないと思いますが、当時は戦争に負けたばかりだったですからね」

「その九日後の三月三十一日に、ダライ・ラマ十四世はアッサム国境を越えてインドへと亡命しました。これを追った解放軍と国境警備のインド軍との間に緊張が走り、小競り合いが続きましたが中国側が勝利し、先送りとなっていた中国とインドの国境は、インド東北地区に食い込んだラインとなりました。これが世に言う『チベット動乱』と呼ばれるものです」

「動乱に名を借りたチベット人への弾圧ですね」

「私もそのように思います。チベットの併合に反対する勢力を、これを機会に叩こうと考えたのでしょう」

「その後も弾圧は続いたのですか」

「そうですね。中国政府はその三年後の一九六二年にヒマラヤ国境の封鎖を行いました」

「何か訳があったのですか」

「インドに亡命したダライ・ラマを慕って、ヒマラヤを越えてダライ・ラマに会いに行く信徒を制限するためです」

「宗教まで弾圧しようとしたのですか」

「為政者にとって宗教ほど厄介なものはありません。宗教を制圧することがその国を支配することに繋がるため、支配者は徹底的に押さえに掛かります。しかし、長く続いた文化を弾圧で変えることは出来ません」

「チベットでは今でもチベット仏教が敬われておりますね」

私の言葉に、周囲の男たちが黙って頷いた。

「中国政府は、国境封鎖を続けるつもりなのでしょうか」

「今言った理由から、今後も続けるでしょう。しかし、敬虔な仏教徒は、一度はダライ・ラマに会いたいと思っております。なかには、命を賭してでも接見したいと考えている人は数多くおります」

気まずい沈黙が流れた。

「国境封鎖は過酷なものだったのですか」

私は、今回の事件が単なる漢方薬の売買に伴うトラブルが原因ではなく、漠然とではあるがもっと奥の深いところに原因があるのではないかと思っていた。これまでの経緯を考えた時、その源はチベット動乱に関わる何かではないかとの思いが、私の頭のなかに生まれていた。

「国境封鎖に伴ってチベットを往来していたネパールやインドの人々も帰国させられました。迷惑な話です。古くからの遊牧の民にとって、国境線などは関係ありませんでしたからね。草のあるところへ家畜を連れていく、これが古くから続いていた文化でしたから。国境封鎖に伴って、先ほど話をした南北のキャラバンルートであったジョンソン街道も封鎖されました。このため、通商で利益を得ていた街道沿いの村々は衰退し、隣国のムスタン王国などは忘れられた存在となり、今では幻の王国として名前だけが残るだけとなりました」

王建軍からは、意図的に話の本筋を外した回答が届いた。

外には夜の帳が落ち始めていた。

# 二十

中国は今でもチベット族やウイグル族との間に民族問題を抱えている。特に、インドで亡命政府を樹立し、非暴力抵抗を訴える第十四世ダライ・ラマの言動には神経を尖らしている。

中国政府は、ダライ・ラマから民心を離そうと躍起になり、別な仏教指導者を選任したりするなど、小手先の施策を繰り返してきたが効果は上がっていない。チベットでは今でも、ダライ・ラマが一番尊敬を得ていることは、チベットに行ってみれば明らかである。

しかし、この「チベット鉄道」の開通により、人と物などの流通革命が起きるのは確実である。この鉄道を開通させることによって、人民の意識が変化することが中国政府の狙いではないかとの憶測もある。

青蔵公路を利用すれば三日は要していたラサへの旅も、この列車を利用すれば一日で済むからである。現に「チベット鉄道」を利用して、沿線沿いに点在する町を消費地として捉え、沿線の町を目指して行商に出る中国人の姿も多くなっている。

「今でも、ダライ・ラマ十四世を慕ってヒマラヤを越えていく人は多いのですか」

私の問に、周囲の男たちは顔を見合わせていたが自分からは答えようとせず、その視線を王建軍に集めた。

「いると思います」

王建軍は簡単にそう言った後、周囲の男たちに目をやった。その目には男たちの同意を得るような動きがあった。

男たちも目で頷いた。

女が食事を運んできた。

「今夜は、ここに泊まっていって下さい。これからラサまで帰るのは大変ですから。この辺の人たちも都に移り住む人が多くなり、今は空き家になっている家を、あなた方の宿泊場所として準備させました」

我々は、王建軍からの申し出を受け入れた。

我々四人と向かい合う形で王建軍が座り、王建軍を挟むように四人の男が席を占めた。羽根飾りの帽子をかぶった章輝夫は、無言で隣室に消えた。怪訝そうにその後ろ姿を目で追っていた私に「このテーブルでは八人が限度です。残りの人たちは隣の台所で食事を摂ります。心配はいりません」と言って、笑顔を向けてきた。

私は、腹の底を見透かされているようで、思わず苦笑いをして頷いた。

食事の席にはチベットの酒も運ばれてきた。王建軍の説明に寄ればこの酒はアップルブランデーといって、アルコール度数は高いが、口当たりはまろやかなものとのことであった。我々はそのブランデーをお湯で割って飲んだが、男たちは料理を口に含みストレートのままで口に運んでいた。

「さて、どこから話をしましょうかね」

食卓を囲みうち解けた雰囲気のなかで、王建軍が切り出した。

私が王建軍をみて言葉を発しようとした。それを手で制しながら、王建軍が言葉を継いだ。

「私は、あなた方が早晩この地を訪れるであろうことは予想しておりました」

我々は顔を見合わせた。

「その訳は簡単です。まず章輝夫からの話、そして、昨日私の家を訪ねて家内に言ったことなどを総合してそのように思ったわけです。ただ、あなた方が我々のことを、どの程度知っているのかは分かりません」

「私たちは、本当のところは何も分かっておりません。ただの偶然が重なってあなたのことを知ったのです」

「そうだと思います。あなた方が偶然とは言えこの地を訪れたということは、公安の方もそろそろ動き始めると踏んでおります。このことは決して、そこにおられる呂玲香さんが関係しているということではなく、昔から公安と我々のグループの戦いは続いていたのです」

「……」

「我々も覚悟を決めております。と言っても、公安と一戦を交えるというわけではありませんので、ご安心下さい」

周囲の男たちも笑顔だった。

「これまでの経緯を話してもらえませんか。話を聞いて、私たちが出来ることは何も無いかもしれませんが、世界の人々に向かって真実を語ることは出来ると思います」

沈黙が流れた。

「話をすれば、半世紀前のチベット動乱のころにまでさかのぼります。少し長くなりますが、お話しましょう」

王建軍はそう言うと、奥に向かってお茶を持ってくるように声を掛けた。

お茶を運んできた女や章輝夫もテーブルを囲んだ席に着いた。章輝夫の目から憎しみに似た炎は消えていた。

「私の父は、『青蔵公路』の労働者として強制労働に駆り出されました。この男の父親もこの男の父親も一緒だったということです」

王建軍はそう言って、テーブルを囲む男たちの顔を指差した。

「先ほど話をしたとおり、私の父は工事現場で亡くなっています。いくつにも分けられた現場ごとに掘建て小屋をつくり、そこに強制的に集めてきたチベット人を収容しました。ひとつの小屋に同じ地区の者を集めれば、集団で反抗するとでも考えたのでしょう、このラッチエ村からの男だけに限らず、労働者はすべて分散させられました」

「この村からは、どれほどの方が労働者として駆り出されたのですか」

「ご覧のとおり、この村は遠く離れて点在する多くの集落の集合体です。このことは、村から町に名前が変わった今でも変わりません。そのため、どこの集落から何人召集されたかなどは一切分かりません」

「王建軍さんの親父さんは、この周辺の集落のまとめ役をやっておりました。そのため、工事を指揮する中国軍に対し、労働条件の改善と小屋の改良などを要求しました」

テーブルの端に座る男の一人が言葉を挟んだ。この男にとって、国民党の軍隊であろうが人民解放軍の軍隊であろうが軍隊に変わりは無く、単なる中国軍として彼らを捉えている発言であった。

「昔からのキャラバンルートをそのまま道路にする工事だったそうです。人や荷駄を積むヤクの踏み跡を頼りに、ツルハシとスコップだけで道を作るのですから容易ではありません。平地はまだ良いのですが、五千メートルを超える峠などの工事は大変でした。そのため、落石などで命を落とす労働者も多かったと聞いております。これを見兼ねた父は、そのような要求を中国軍にぶつけたのでしょう」

「それが聞き入れられることはなかった」

私が相槌を打った。

「そのとおりです。むしろ、生意気なやつだと言うことで、中国軍に睨まれました。そのため危険な場所、たとえば落石の多い、崖の開削などの工事に駆り出されました」

「お父上は、そのような場所で事故に遭われて亡くなられたのですか」

「中国側からの通知ではそうなっていますが、目撃者の話から、中国軍と中国軍に取り入ったチベット人に、殴り殺されたとの情報も入っておりました」

「死因を追求することは出来なかったのですか」

「半世紀も前のことですから何とも言えませんが、不可能だったと思います。当時、チベットから駆り出された労働者は、奴隷扱いだったそうですから」

王建軍は、遠い昔を偲ぶかのように目を細めた。その目が潤んでいた。

「このラッチエ町から駆り出された労働者で、亡くなったのは王建軍さんの父上だけですか」

「当時の村全体のことは分かりませんが、この付近の集落から徴用された者のうち他にもう一人亡くなったと聞いております。ほかの地区に比べれば、犠牲者は少ない地域だったかもしれません」

厳しい話に体が強張り、重苦しい空気が辺りを支配した。

「『青蔵公路』の建設に駆り出された男たちも大変だったし、『チベット動乱』で戦いに加わった男たちも大変だった。それ以上に、戦いに敗れた後の中国軍の仕打ちはもっとひどかった」

沈黙していた女が口を開いた。

ダライ・ラマ十四世を擁して立ち上がったチベット人民軍に呼応して、この南チベットからも義勇軍が戦いに加わった。

地の利を得たチベット人民軍は、当初は村境の峠などで、奇襲などによる勝利を収めたが、装備と人員に勝る解放軍の前に成すすべも無く敗れ、散り散りになって村へと敗走した。

その敗走した兵を追って、解放軍はこの村へも進駐してきた。

解放軍には厳しい軍規が課せられていたにもかかわらず、彼らは村民に対し暴掠の限りを尽くした。自ら、「帝国主義の侵略からチベットを守る」として自国に組み込んだにも関わらず、兵士の頭には、敵地に攻め込み、占領した地であるとの意識が強かったのである。

侵略した兵たちは、放牧で一家を支えていたヤクや羊の略奪はもとより、貴重な家財にまで手を伸ばした。

とりわけ悲惨だったのは、婦女子に対する暴行であった。中には夫や子供の目の前でその屋の妻や娘が強姦を受けた家もあった。止めに入った夫や、祖父母などは、その場で銃剣を突きつけられ、沈黙を強いられた。中には、棍棒などを持って反抗したため、兵士の銃剣で刺し殺された家族が出た家もあった。

悲劇はそれだけに留まらなかった。婦女子に暴行を加えた兵士たちは、その場から彼女たちを拉致し、遠く離れた山村の嫁や都市部の養子として売り飛ばした。

当時の農村部は、農作業に従事する働き手の絶対数が少なく、働き手としての農家の嫁を金で買い集める悪弊が蔓延っていた。このため、人身売買を仲介するブローカーとして暗躍する人物やグループも存在した。

「私には姉がおりました。姉は未だ年端も行かぬ年ごろだったと思います。当時、幼かった私には、強姦の意味が分かりませんでしたが、泣き叫ぶ姉の姿や、兵士に泣きすがる両親の姿は今でも目に焼きついています」

テーブルを囲む男の一人が、言葉を選ぶように語った。話し始めた男の手はかすかに震えていた。

「この年になるまで約五十年、私なりに八方手を尽くして、姉を探したのですが見つかりませんでした。姉も生きていれば、既に六十は過ぎた年代に入っているはずです」

男は、そう言って頭を抱えた。

「このような理不尽が許されるのですか。今の中国政府は何もせず、謝罪の言葉もないのですか」

私は怒りを込めて大きな声を出した。

呂玲香が悲しそうに俯く姿が目に入った。政権の末端を担う警察官として、私の怒り以上に責任を感じていることが、俯く態度に出たのであろうが、これは呂玲香個人の責任ではない。

「下手に謝罪をすると、民族問題に火が付くと考えているのでしょう」

「政府は今、民族問題を抱えているチベットやウイグル自治区内では、強権的に民族意識を押さえ込もうと躍起になっています」

「本当は、謝罪すべきは謝罪するなど過去を清算し、そこから出発すれば神経を使わなくても済むと思うのですが、為政者にとっては、謝罪すれば自分たちの言うことを聞かなくなるとの思いが強いのでしょう。また、怖いのでしょうね」

新しいお茶と酒が運ばれてきた。

## 二十一

私は、ヤク・ジャーキーを手に酒を喉まで流し込んだ。ヤク・ジャーキーとは、家畜として飼っているヤクの肉をスライスして乾燥させたものである。

「王建軍さんと章輝夫さんは、何のために『青蔵鉄道』に乗っていたのですか」

私の質問に、周囲の男たちは一瞬息を呑んだように動きが止まったが、

「そのことをお話しするため、ここに残ってもらったのですから」

王建軍が笑いながら、私の持つ器を酒で満たした。

「我々は、ダライ・ラマ十四世を慕って、ヒマラヤの高峰を越えていく信徒の支援をしております」

王建軍の告白は、この言葉から始まった。

「先ほども話題になりましたが、国境を封鎖した中国政府は、ヒマラヤを越えてダライ・ラマ十四世に接見に行く信徒を取り締まるため、主要な峠やそれに続く街道の要所に監視所を設けました。それと同時に、中国公安部の中に特殊情報室を設けて、ヒマラヤ越えを企てる人々や、それを支援するグループなどの情報を収集させています」

そのようなことが行われていたであろうことは、薄々気が付いていたが、それらの背景には不明な点も多く、その辺りを聞いてみたい衝動に駆られたが、周囲の人々は、黙って王建軍の次の言葉を待った。

「チベット仏教を信じる人々にとって、ダライ・ラマは特別な存在なのです。キリスト教では、ローマ法王が最高指導者として敬われておりますが、チベット仏教ではダライ・ラマがローマ法王に匹敵する指導者として敬われております。キリスト教を信じる人々が、一度はローマ法王に接見したいと望むのと同じように、チベット仏教の信徒にとっても、生涯一度でよいから、ダライ・ラマに会ってその説法を聞きたいのです」

「中国政府はダライ・ラマを追放した上、接見に行こうとする信徒の往来を禁止した訳ですね」

王建軍は、私の質問に微笑みながら頷き、言葉を続けた。

「そのとおりです。ダライ・ラマ十四世は、インドに亡命し、亡命政府を樹立するとともに、非暴力抵抗を唱えチベットの自治権の強化を訴えております。このような方へ信徒が会いに行きたいと思う気持ちが起きるのは当然でしょう。しかし、中国政府はその取締りをより一層強化しました。中には接見をあきらめる信徒もおりますが、思いを募らせる信徒も多いのです」

「……」

「そのような信徒が、何時しか我々のところへ支援を求めて来るようになったのです」

「そのような動きが活発になったのはいつごろからですか」

「私が、ラサ市内に土木建設業を営むようになってから暫くしたころですから、かれこれ三十年は経っております」

「信徒の人たちは、どのようなルートで王建軍さんの存在を知ったのでしょうか」

「完全な口伝えです。今で言う口コミですね」

「それは、チベット全土ですか」

「当初は、この村を含めたチベット南部の人が多かったのですが、いつの間にか、チベット全土から依頼が来るようになってしまいました」

「中国政府に密告する者はいなかったのですか」

「越境する信徒は命がけですし、軽々にそのようなことを口にする信徒はおりません」

王建軍の声は自信に満ちていた。

「ところが、王建軍さんへの仲介をする者の中に、裏切り者が出たこともあります」

羽飾り帽子の章輝夫が、興奮した面持ちで甲高い声を発した。

「今回の事件は、そのことが引き金になっているのですか」

私は、思い切って核心に触れる質問を浴びせた。

王建軍は微笑んだままだった。

「その件は少しお待ち下さい」

王建軍はそう言いながら、一冊の古びたノートを取り出した。開かれたノートにはチベット文字で綴られた表が載っていた。

「これは名簿ですね」

ノートを覗き込んだ呂玲香が、王建軍の顔を見ながら尋ねた。

「そのとおりです。これが信徒の名前、そして越境を決行した日時、最後に仲介者があった場合の仲介者の名前です」

「ダライ・ラマに会った信徒は、インドに留まるのですか」

「全財産を注ぎこんでダライ・ラマに会いに行くのですからチベットに帰国する信徒は殆ど居りません。帰国しても自分の故郷に戻ることは不可能ですし、生活の糧もありません」

「どうして自分の故郷へ戻れないのですか」

「ある家族が越境した場合、その家族の親類縁者はことごとく反社会的行為者の一族との烙印を押され、社会から抹殺されます」

「今でも、そのような非人道的な行為が行われているのですか」

「世界の目が向けられている地域ですから、以前に比べれば少しは緩和されましたが、本質的なところは変わっておりません」

「この名簿で丸印のついているのが、インドやネパールへの越境に成功した方々ですか」

呂玲香が、丹念にノートを捲りながら聞いた。

「よく気が付きましたね。さすがに警察の方だ。そのとおりです。しかし、この確認には時間がかかりました。インドに手紙を出したり、我々の誰かが出張のついでに訪問して消息を尋ねたりしました。中には、中国軍の兵士にお金を渡して聞きだしたものもあります」

王建軍は淡々とした表情で答えた。

「この中に裏切り者がいたんですよ」

章輝夫が、ノートの一行を指差しながら、再び話に割って入ってきた。

「なぜ、そのようなことが分かったのですか」

私の問いに、章輝夫が悔しそうな表情を浮かべながら、

「御覧なさい。この失敗も、この失敗も全てこの男が仲介に入った信徒のグループですよ」

と、ノートを捲る章輝夫の指先が震えていた。

「チベット文字ですと分かりませんが、漢文字にすればこう書きます」

章輝夫が傍にあった紙を取り出して書いたのは、張廣年という文字であった。

私と松村は「あっ」と声を発したが、呂玲香と潤香は「なるほど」という表情で顔を見合わせていた。

「この男は、『チベット鉄道』の車内で殺害された人物ですね」

私の問いに、王建軍は一瞬目を剥いたが、直ぐに表情を戻した。

「そのとおりです」

冷たく言い放った王建軍の言葉に、私は恐怖感を覚えた。

## 二十二

ゴルムドの駅を早朝の七時に発った「青蔵鉄道」は、定刻を少し遅れてラサ駅に到着した。時刻は午後十時を過ぎており、空には真っ暗な闇が広がっていた。

列車を降りたゴルムド署の列布雄刑事と部下の唐念祖は、王一丹刑事の出迎えを受け、ラサ署からの迎えの車に乗り込んだ。

深夜にもかかわらず、ラサ地方公安部の特殊情報部には皓々と明かりが灯り、多くの警察官が動き回っていた。

列布雄刑事たちは、直ちに李烈補佐の部屋に通された。挨拶もそこそこに、準備された資料を基に捜査会議が開始された。テーブルには李烈を中央にして、王一丹刑事らが並び、総勢十名を超える係官が配置されていた。

「それでは、只今より『青蔵鉄道』で発生した殺人事件に関する捜査会議を始める。今回は、ゴルムド署から列布雄刑事と唐念祖巡査にも来ていただいている。お二人とも遠路お疲れのこととは思いますが、ご容赦願いたい」

李烈補佐の言葉で会議は始まった。

「それでは最初にゴルムド署の列布雄刑事より、事件の経緯とこれまでの捜査について説明してもらう」

李烈補佐はそう告げると、顔で列布雄刑事の発言を促した。

「被害者は張廣年五十六歳。家族は妻のみで子はいない。西寧市にて漢方薬の店を経営している。西寧市の本店のほか、北京と上海に支店を持ち手広く商売を営んでいるが、漢方薬などの買い付けがあくどいとのことで、売人や生産地の人々からの評判は良くない」

列布雄刑事はここまで言って顔を上げた。

「現在の商売を始めたのは何時ごろか。被害者の出身地は特定出来ているのか」

テーブルの端から声がかかった。

「西寧市に店を構えたのはおよそ三十年前だが、市の役所に登録したのは一九八〇年五月となっている。初めは無登録で営業を始め、この年に登録したものと考えられる。出身地についてはラサ署で把握していると聞いている」

「被害者の出身地はラサ南東のラッチエ町であります。町といっても小さな集落の集合体で、まとまった町並みがあるわけではありません。町役場に被害者の戸籍は残っておりましたが、当然ながら農民戸籍となっております」

王一丹がメモを見ながら答えた。

「被害の模様を説明して下さい」

李烈補佐に促されて列布雄刑事が立ち上がった。

「被害者は、十二月十五日、午後八時六分発の『青蔵鉄道』に乗車しております。行く先はゴルムド駅で、そこから周辺の村を回り冬虫夏草などの漢方薬の材料を仕入れに行く予定だったということです。購入した切符は一等寝台で座席は二号車の四番でした。切符などの購入はいつも自分でするため、家人や店員は座席番号などについては知りませんでした」

列布雄刑事はここで説明を中断したが、質問は出なかった。

「これからの車内情報は、列車に同乗した別な客からのものです。この乗客の身元も確認してあります」

列布雄刑事は情報の入手先を確認し本題に入った。

「被害者は、出発間際に車内に入ってきました。その折、自分の席に別の人物が座っているのを見て、かなり激しい口調で咎めていたそうです。結局、A席とB席だけの違いで、その客が謝罪したためその場は納まったそうです。その後、二人は漢方薬の話で盛り上がっていたとのことで、被害者と同乗していた男も漢方薬の同業者と考えていたのですが、ラサ署からの電送写真で、その男の名は王建軍という名であることが判明しました。この男は、ラサ市を中心に手広く建設業を営んでおり、各方面に影響力のある人物であることが分かりました」

列布雄刑事は再び説明を中断し、李烈補佐の方に目をやった。

「実は、王建軍の名が出てきた時には我々も驚いたのですが、彼は、我々が追っていたグループのリーダー的な存在でした。我々情報部は、以前からヒマラヤを越えてインドにいるダライ・ラマに接見に行く信徒の流れを追っていたのですが、最近になり、ヒマラヤ越えを支援しているグループの存在を突き止めました。このグループを内偵していくうちに、グループの背後に王建軍が居ることが判明しました」

李烈補佐に代わって、別の刑事が説明に立った。

「被害者と王建軍との接点はあるのか」

別の刑事が鋭く言った。

「今のところ両者の接点は見当たりません。但し、被害者は以前、ヒマラヤ越えを望む信徒を、支援グループに紹介するなどの、仲介者的な仕事もやっていたようです」

「仲介した場合、何がしかの手数料は受け取るのだろうな」

「信徒同士ですから、普通は手数料などは不要ですが、被害者は表向きは漢方薬の売買をしながら、裏稼業としてこのような仕事も手がけていた模様です」

「列車内で二人は顔見知りではなかった様子だが、その辺りの調査はどうなっているのか」

李烈補佐が初めて口を開いた。

「通常、このような取引の場合、当事者同士が直接会って段取りを組むケースが多いのですが、被害者のグループと王建軍のグループの間に仲介者が入っていたため、両者に直接の接点は無かったものと考えられます」

「被害者のグループの一員と思われる男が、数日前に殺害されております」

王一丹刑事の発言にどよめきが起こった。

「殺害されたのは海子呟という男で年齢は五十六歳、ラサ市内在住で職業は今のところ不明です。死体が発見されたのは一昨日ですが、殺害されたのはそれよりも五日ほど前であろうとの検死官の見解です。発見場所は、ノルブリンカ北方に隣接する湿地帯です」

「殺害された男が、被害者の張廣年たちのグループの一員であるという根拠はどこにあるのか」

「私どもの署に所属する婦人警官から、ノルブリンカの事件に関する問い合わせがあり、調査したところ『青蔵鉄道』での被害者張廣年と、ノルブリンカで殺害された海子呟は共に、南部チベットのラッチエ町の出身でした」

「相次いで殺害された被害者の出身地が同じであると言うだけでは、互いに仲間だったとの証拠にはならない。その辺りの裏付けを取るように」

李烈補佐からの指示が飛んだ。

「その婦人警官は何故そのような問い合わせをしてきたのか」

別な係官が質問した。

「婦人警官の名は呂玲香と言います。自分はノルブリンカの事件担当ではないが、捜査に協力したいとの連絡があり、それに応えて調査をした結果、二人が同郷であることが判明しました」

「聞いているのは、何故その婦人警官が調査を依頼したかだ。何かの確証を得たから調査の依頼をしたのだろう。彼女に連絡は取れないのか」

係官の一人が苛立った様子で尋ねた。

「緊急の場合、真夜中でも呼び出しは可能です。但し、その婦人警官には、ある日本人旅行者の動きを探らせるため、彼と同行させております」

「何者だ、その日本人は」

「国際的な人権擁護団体との関係はあるのか」

「チベット問題は、人権擁護団体が目を光らせている。下手に動けば非難の矢面に立つことになる」

「取り扱いは慎重にしなければならない」

などの発言が乱れ飛んだ。

「まあ、待て。その日本人とは私も会ったが、単なる旅行者との印象を受けた。人権擁護団体の者であれば、複数での行動をとるのが一般的だが、彼は一人だった。その辺りは、慎重に事を運ぶ必要があるが、まずは、『青蔵鉄道』での事件の概要をつかむことが先決だ」

李烈補佐が場を収めた。そして、列布雄刑事に目をやり、先を急がせた。

「王建軍の電送写真が送られてくるまでは、漢方薬の売買に関わるトラブルとの見解で捜査を行っていたため、ダライ・ラマ関連の調査はしておりませんでした。では、殺害にいたる状況や死体遺棄に関する調査の報告を行います」

列布雄刑事が再び報告を始めた。

「犯行はゴルムド駅に到着する直前の六時三十五分ごろと推定されます。被害者は殺害される直前まで、食堂車で加害者と見られる王建軍と行動をともにしております。犯行現場は、五号車と六号車の間にあるデッキ部分です」

列布雄刑事は、あらかじめ作成してあった列車の見取り図を配布した。

「被害者と加害者は九号車にある食堂車で何らかのトラブルになった。このことは、当時の乗務員の証言を得ております。そして被害者は一等寝台の自室まで戻る途中、先ほど話したこのデッキで被害に遭っています」

列布雄刑事がその場所を指差しながら説明した。

「犯行は複数の者が関係していると考えられます。むしろ、複数でなければ成立しないといった方が正確です。おそらく、七号車に乗車していた章輝夫なる人物が共犯者でしょう」

「章輝夫については、ラサ公安部の方でも内偵中だが、その経歴などは不明だ」

特殊情報部の担当者から追加の説明がおこなわれた。

「周囲に目撃者はいなかったのか」

「五・六号車ともに乗客は少なく、その乗客たちも寝込んでいたと思われます。何といっても、この辺りの日の出は八時ごろになりますから。また、車両を隔てる扉を閉めれば、音も車内までは届きません」

列布雄刑事が図面を片手に答えた。

「加害者は、被害者をこのデッキに追い詰め、共犯者とともに犯行に至ったと考えられます。死因はチベッタンナイフによる心臓部への刺し傷です。一撃の下に心臓部の急所を捉え、声も出させず、返り血も浴びないナイフ捌きは、ナイフの取り扱いに長けた者の犯行と思われます。現場には、ナイフを引き抜いた時に飛び散ったと思われる血痕が数滴残るのみでした」

「ナイフを扱ったのは王建軍か、それとも章輝夫なる人物かは判明しているのか」

「残念ながら、そこまでの特定は出来ておりません」

「続けて下さい」と李烈補佐が促した。

「犯行後、加害者たちは驚くべき行動に出ました。それは、刺殺した遺体を、走行中の『青蔵鉄道』から車外へ遺棄したのです」

「犯罪者にとって、遺体の処理は頭を悩ませるひとつだが、最新式の列車からどのようにして放り出したのか。昔の列車ならともかく、走行中に列車のドアを開閉出来るかどうかが問題だ」

担当官の中から疑問の声があがった。

「この件は、鉄道輸送を統括している鉄道省にとっても盲点だったとのことです。加害者は、被害者を刺殺した後、非常用のボタンを押し、直ぐに扉の開閉に使用するロックハンドルを操作して扉を開けました。ボタンを押したままハンドルを操作すると、走行中でも扉は開閉するのだそうです」

捜査会議の席上にどよめきが起きた。

「開いた扉から被害者を遺棄し、直ぐに扉を閉めたわけか」

「列車の運転手からの情報では、六時三十五分ごろに、一瞬、扉の異常を示すランプが点いたそうです。従って、犯行時間はこの時点だったと推定されます」

「その時の、列車の速度はどれ程だったのか」

「当時は夜間走行でしたので、平均時速八十キロメートル程で走行していたとのことです」

「非常を知らせるボタンが点灯した場合、運転手は列車を停止させないのか」

「規則では列車を止めて点検することになっているのですが、運転手は、何時もの悪戯だと思ったそうです」

「悪戯で非常ボタンを押す奴がいるのか。これでは運転手もたまらないな」

会場に苦笑の輪が広がった。

「ここまでの話で、被害者と加害者が明らかになった。但し、犯行に至る動機が未だ不十分である。その辺りの調査は重要なので引き続き捜査を続けて下さい。この件は、特殊情報室と合同で調べた方が早そうな気がする。後ほど担当者を指名するのでよろしくお願いしたい。それから、例の日本人の取り扱いだが、事件に対する直接の関与はないが、何故この件に首を突っ込んでいるのかを調査する必要はある。但し、先ほど出た国際人権擁護団体などへの配慮もしながら、捜査を続けてもらいたい」

李烈補佐が会議のまとめに入った。

「マスコミへの対応はどうしましょうか」

李烈補佐は声の方に顔を向け「未だ知らせる必要はない」と怒った口調で指示を出した。

李烈補佐は捜査会議を解散させると、王一丹刑事を呼び寄せ、今後の捜査についての段取りを話し合った。

「王建軍の逮捕は時期尚早である」

王一丹刑事が王建軍の取り扱いについて質問したことに対し、李烈補佐が下した見解はこのようなものだった。捜査会議までに集まっているのは状況証拠だけで、決め手になる証拠がないというのが理由だった。但し、明日にでも彼を拘束し、事情を聞く必要がある。それまでに、過去の資料を整えておくようにと指示した。それは、章輝夫を含めたグループの特定及び特殊情報室が集めた越境に対する過去の資料を含めてのことであった。

王建軍や章輝夫たちから事情を聴取するため、彼らを拘束する時期は本日早朝と決まり、担当者の人選が行われたのは、それから二時間後のことであった。

東の空が朱に染まり始めていた。

## 二十三

空には満天の星空が広がり、北斗七星やオリオン座が、それこそ手の届きそうな位置に輝いていた。

私は火照った体を外気にさらしながら天を仰いだ。チベットに来て初めて、満天の星空を見た気がした。

氷点下二十度を下回る外気は、瞬く間に私の体から体温を奪った。身震いをして室内に戻ろうとした時、家の扉が開き呂玲香がダウンジャケットを手に外に出てきた。

「そのままの服装ですと危険ですよ」

呂玲香は私にダウンジャケットを手渡しながら言った。そういえば、ゴルムドの駅で同じ言葉を掛けられたなという想いが蘇ってきた。

「一寸だけ外に居たのですが、こんなに冷えてしまいましたよ」

私はそう言いながら、呂玲香の手を取り冷たくなった私の手を重ねた。呂玲香の手は柔らかく暖かだった。

呂玲香の手を握ったまま二人で星空を眺めた。

呂玲香も握った手を離そうとしなかった。

「私、警察官辞めようかな」

呂玲香が天を仰いだまま、ポツリと言った。

私は黙ったまま、呂玲香の手を強く握った。

夜食の用意が整い、ヌードルスープを盛った器が配られた。湯気の向こうに呂玲香の顔が揺らいでいた。呂玲香も湯気を通して私を見つめていた。

夜食を摂りながらの話題は、日本の若者のことであった。日本に行ったことのあるのは潤香だけだったので、潤香による日本観が主であった。

彼女が話す日本の若者観は、私にとって面映いものもあったが、自由を謳歌している日本の若者は、もっともっと世界に目を向ける必要があるのではないかとの印象を持った。

「さて、それでは話を続けましょう」

王建軍がテーブルの上を片付けながら、着席を促した。

「今から十年ほど前になりますが、我々のグループに対し、『ヒマラヤを越えてダライ・ラマ十四世に会いに行きたい』という人々がいるので支援をしてほしい旨の連絡が入りました。依頼してきたのは張廣年のグループに属する人物でした」

「その方とは以前から面識はあったのですか」

「我々が行っている越境への支援は、中国政府に対しては反社会的な行為です。従って、いくら大義名分があるとは言っても、我々の存在を明らかにするわけにはいきません。そのため、私に情報が挙がってくるまでには、幾人かのフィルターが掛かるようになっております。この時も我々の末端組織へのアプローチが最初でした」

「張廣年のグループも、その辺りは慎重なのですね」

「彼らのグループの動きは、我々より慎重です。越境を希望する情報を集めるのは容易なことではありませんし、我々のような実行グループにアプローチしてくるのも容易なことではありません」

「それはどうしてでしょうか」

「中国政府が各地にスパイを配置しているからです。彼らは単独で我々のような組織に潜入を図ったり、偽の支援団体グループをつくったりします。偽のグループを我々のような支援団体のように見せかけ、引っ掛かってきた者を逮捕し拘留するのです」

「そのような中から、真の支援者を見出すことは至難の業ですね」

「その辺りは、蛇の道はヘビとの喩えにもあるとおり、何となく分かるものなのです」

王建軍は、苦笑いをしながら答えた。

「我々は、その申し出を引き受けました。当然、身元調査は実施します。その中に政府のスパイが紛れ込んでいないか、あるいは、内通者が出る恐れは無いかなどの調査から始まり、彼らの日ごろの信仰心にまで及びます」

「張廣年のグループの役割は、越境を希望する人々を探してくるだけですか。本当に越境を支援するのであれば、自分たちで段取りを組んであげた方が早いし、情報が漏れる心配も無いと思うのですが」

私の質問に、王建軍はニヤリと笑い、

「そのとおりです。彼らほどの組織であれば実行への支援も可能だと思います。しかし、彼らはそれをやらなかった。何故だと思いますか」

王建軍が逆に質問してきた。私が答えに窮しているのを見た別の男が、苦々しげに言い放った。

「奴らは、越境者から仲介料を取っていたんですよ。我々は、命がけで越境しようとする人々を、山登りの技術面はもとより、物心両面で手厚く支援してきました。しかし、人の弱みに付け込み、金を請求する輩が居ることを知った時は、同じ民族として恥ずかしいと思いました」

「それだけなら我慢も出来ますが、奴らは、その情報を政府にも漏らしていたのです。当然、政府の方から密告料として、多額の謝礼が支払われます」

「それが、先ほど章輝夫が示した名簿です」

「我々が、懸命に動いても、同胞の中に裏切り者がいたのではどうにもなりません」

男たちは、次々に張廣年のグループに対する不満を口にした。

「その時の越境者のメンバーは十二名でした。越境グループとしては大人数でしたので、我々も時間を掛けて支援を行いました」

再び王建軍が話し始めた。

「中には、未だ十歳の少年も混じっていました」

「その方が、色拉寺（セラ寺）での修行僧ですか」

私の言葉に、王建軍は絶句して目を剥いた。「どうしてそのことまで知っているのか」という言葉を飲み込むように、穏やかな表情を作りながら話を続けた。

「その少年は、国境警備の監視兵に撃たれました。しかし、同行していた母親に救われ、再びチベットの地を踏むことが出来ました。そして今は、修行僧として名を成し、チベット仏教の僧としてダライ・ラマに会いに行くことを望んでいます」

「他の方々は、無事に国境を越えられたのですか」

「銃撃を受け、同行の二人が発生した雪崩に巻き込まれたため、引き返すことも考えたが、結局は峠を越えてインドに入ったとのことです。彼らは今でも二人を見殺しにしたことを悔いておりますが、過去のことは元には戻せません」

「雪崩ですか。よく助かりましたね」

私は、冬季の飯豊連峰縦走を試みた時に受けた、雪崩の恐怖を思い浮かべながら呟いた。

松村と目が合った。当時パーティを組んだ松村も、同じような気持ちでいるのだろうと思った。

「監視兵からの銃撃を受け、足に怪我をした少年は雪面を転がり落ちたそうです。母親がその後を追った時雪崩が発生し、二人はその表面を泳ぐように流されていったとのことです。幸い、雪崩に押しつぶされることも無く下流まで流された二人は、麓の村を目指して歩いたそうです。殆どの行程を母の背にしがみ付きながら降ったと言っておりましたから、母親は負傷した息子を背に負って麓の村を目指したのでしょう」

潤香と呂玲香の目が潤んでいた。

「幸い、麓の村人に匿われ、二人の命は救われました」

ほっとした雰囲気が辺りを包んだ。

「恥ずかしい話ですが、我々がそのことを知ったのは、ごく最近でした。当時越境した男の一人がインドから戻ってそのことを知りました。親子が銃撃を受け、雪崩に巻き込まれたとの話を聞いた時、てっきり亡くなったものと観念しました」

王建軍の表情には無念さが浮かんでいた。

「しかし、この男が地図を見ながら『あの場所で発生した雪崩は、斜面の東北部に向かう。ひょっとして、この付近の村にたどり着いたかもしれない』と言ったのです」

王建軍はそう言いながら、傍らの男を指差した。馬で羊を追っていた男であった。山には詳しい者のようであった。

「私は万に一つの可能性を信じて、麓の村を訪れました。十年以上も前のことでしたが、村の人々はそのことをよく覚えていました。村人は、怪我をした少年を背負ったまま、息も絶え絶えに辿り着いた親子を看病し、兵士の捜査から二人を匿ったとのことでした」

「母親も無事だったのですか」

潤香が小さな声で尋ねた。

「両手両足に凍傷を負っていたが、一命は取り留めたそうです。でも、村に辿り着いた二年後に亡くなったそうです。可哀想なことをしてしまいました。その後少年は、村の僧侶の紹介で色拉寺に預けられたそうです」

「兵士の捜査もあったのですか。かなりしつこいですね」

私の口調は怒ったように尖っていた。

「そこで我々は密告の事実を知ったのです。当時、村々に『巡礼を装いながら、国境を目指す越境者の集団がある。見つけ次第軍に報告するように』という通達が届いていたそうです」

「誰が密告したのですか」

「村から戻った我々は、これまでの記録を点検してみました。すると、或るグループから依頼を受けた越境者の殆どが、国境地帯や麓の村などで拘束されていることに気がつきました」

「それが張廣年のグループだった訳ですね」

「そのとおりです」

# 二十四

遠く、犬の遠吠えのような声が聞こえてきた。

私は顔を上げて呂玲香の方を見たが、彼女は何事も無かったような表情で、笑顔を返してくるだけであった。

「ああ、あの声ですか。チベット狼の遠吠えです。心配はいりません」

私の素振りを見て、王建軍がそう言いながら笑った。

「えっ、狼が出るんですか」

「特に珍しいことではありません。彼らは、たまには羊のような家畜を襲うこともありますが、獲物の多くはチベットカモシカなどこの辺りの野生動物です」

チベット狼は、チベット地区からヒマラヤを越えたネパールの高地にかけて生息している。性質は凶暴で、高さが三メートルにも及ぶ塀を巡らせた牧舎であったにもかかわらず、その塀を飛び越え、ヤギを皆殺しにして再び塀を飛び越えて逃げ去ったこともあったという。

「人の動きには敏感に反応して姿を見せないが、人里離れた牧舎などがあれば、直ぐに襲ってきます。まあ、嫌な奴らですが、賢く付き合っていくしかありません」

と、男たちも諦め顔であった。

「張廣年のグループは、それこそ狼のような集団ですよ。自分たちで越境者を探し出して報酬を受け取り、それを支援グループに引き渡した後は、軍や警察に密告して報奨金を手に入れる。許せませんでした」

王建軍の声が大きくなった。

「我々は、直ちに張廣年のグループの内偵に入りました。ところが、調査を進めていく内に、我々のグループもどこかの組織から、内偵を受けていることに気がつきました」

「それが、中国公安部の秘密情報局による調査だったのですね」

「彼らが、以前から我々の動きを追っているのは知っておりましたし、我々も尻尾を出さないように気をつけていました」

「それが、先ほど言われていた公安部との戦いですね」

「そのとおりです」

「ところで、張廣年は直ぐに見つかったのですか」

「住んでいる町すら分からず、どのような顔立ちなのかなど見当もつきませんでした。手掛かりは、数年前に別のグループを支援した際に接触してきた男だけでした。それ以上の手掛かりは見つかりませんでした」

「それでは、どうして張廣年を探し当てたのですか」

「それも偶然でして、この男がたまたま、ラサ市内のマージャン店に立ち寄った際、数年前に接触してきた男に良く似た男を見つけました。その段階では、男が張廣年のグループの者で、越境のつなぎ役として我々に接触してきた人物との確証はありませんでした」

王建軍はテーブルの端に座っている男を指差しながら言った。

「俺は、直ぐに章輝夫に連絡を取り、奴の跡を付けました」

王建軍に指差された男が、ぽつぽつと話し始めた。

「その男の名は海子呟だったのではありませんか」

私の言葉に、もう誰も驚かなかった。王建軍たちはむしろ、我々がどこまで知っているのかに興味を持っている様子であった。

「しばらく経ってから章輝夫と一緒に、俺は、奴の家に向かいました。なかなか立派な門構えの家でしたが、ベルを鳴らしても誰も出てきませんでした。そこで『ダライ・ラマの件で相談がある』とのメモと、章輝夫の携帯電話番号を書いた紙を貼り付けて戻りました。そしたら、直ぐに電話が入りました。『証拠として残るメモなど、無用心なことはするな』が奴の第一声でした。奴は、金になると思ったのでしょう」

章輝夫も黙って頷いた。

海子呟に指示された場所は、ノルブリンカの裏に建つ一軒家だった。二人は越境を希望する者がいることを匂わせながら、海子呟にどのような手続きをとればよいかを尋ねた。海子呟は喜んで話に乗ってきた。自分たちがラッチエ町から来たことを伝えると、自分もラッチエ町の出身だと上機嫌だった。その途中で、「あんたの黒幕は誰だ」と聞いたところ、得意げに張廣年の名を口にした。同郷の者という安心感があったのであろう。

章輝夫が「謝礼は必要か」と聞いたところ、最初は言葉を濁していたがしつこく聞いたところ「一人当たり二万元だ」と答えてきた。

章輝夫が「人の弱みに付け込んで、悪どい稼ぎをするんじゃあないよ。どうせこのことは公安にも持っていって、報奨金も受け取る積もりなのではないか」と言ったところ、海子呟が突然怒りだし、ナイフを振り回して二人に詰め寄ってきた。黒幕のことや謝礼金のことまで話をしたことで、自分の身に危険が及ぶことをおそれていたのであろう。

もみ合ううち、章輝夫がナイフを取り上げたが、足首にひそませた別なナイフで迫ってきたため、已む無く突き出したナイフが海子呟の腹を突いた。章輝夫はナイフ使いの名手として知られ、その使い方を誤ることはないが、奇声を発して襲い掛かる海子呟の圧力を避けきれず、奪ったナイフを腹に突き立ててしまった。二人は、その遺体を隣接する湿地帯に運び放置したのであった。

「我々は、黒幕といわれる張廣年に関する情報を集めました。驚きましたね。彼も私たちと同じラッチエ村の出身者でした。そして、彼の父親も『青蔵公路』の建設に駆り出されていました」

王建軍が再び話し始めた。

「王建軍さんのお父さんとは面識があったのですか」

「同じラッチエ村からの徴用と言っても、集落が離れていると皆目見当がつかない場合が多い。うちの親父は軍に反抗したが、彼の父親は軍の手先となって工事に協力したらしい」

「父親の代から、行動も考え方も異なっていたのですね」

王建軍は苦笑いをして私を見た。

「世界には、さまざまな形で征服されたり領土の一部に組み込まれた国や地域があります。それに抵抗する人もいれば、それを支持する勢力も生まれるのです。支持する目的は権欲だったり金だったりする訳ですが、結局、その国あるいは地域内で抗争を繰り広げるのは、同じ民族同士になってしまうのです」

「征服した側の為政者は、黙ってその抗争を眺めていれば良いわけですね」

「言ってみれば、真の敵は征服者ではなく同胞ですよ」

王建軍の言葉に重い沈黙が流れた。

「我々は、張廣年の動きを監視することから始めました」

「それは、復讐を考えてのことですか」

「当然です。文明社会では『罪を憎んで人を憎まず』などという立派な言葉がありますが、彼が自分の利益だけのために密告をしたため、政府に拘束され虐待を受けたり、命を失った人たちが居たことを考えると、許すことは出来ませんでした」

「……」

「あなた方は、張廣年が『青蔵鉄道』を使って、ゴルムド市に出かけることを知って行動に移した」

「そうではありません。此方の方からゴルムドに来るように仕向けたのです」

「仕向けたとはどういうことですか」

「ゴルムド市郊外の漢方薬卸問屋の名をかたり、漢方薬売買の話を持ちかけました。奴は直ぐに話に乗ってきました。考えられないような好条件でしたから、断ることは無いとは踏んでいましたが、このように上手く行くとは思ってもいませんでした」

王建軍はそう言ってにやりと笑った。

「彼の欲深さが命取りになった訳ですね」

「そうですね。話に乗ってきた張廣年に我々は『青蔵鉄道』の切符を送りました。当然、同室するもう一方の席も確保しました。そして、同じキャビンに一緒になったことを利用して彼に近づき、殺害する機会を狙いました」

「同室になれば、情が移ったり殺意が表に出るようなことは無かったのですか」

「私は、彼の人となりを探るために一芝居を打ちました。先に列車に乗り込み、彼の座席に荷を解いて座っていたのです。後からキャビンに入ってきた張廣年は、激しい剣幕で私を叱責してきました。たかが、座席の左右の違いだけですので怒るようなことではなく、切符を見せて間違いを正すだけで良いと思うのですが、彼は怒りを露にしました。この一件だけでも、彼の人となりを推し量ることは出来ました」

「ところで、あなた方は何故北京から西寧に向かい『青蔵鉄道』に乗ったのですか」

私は、北京の故宮博物館で二人を目撃し、再び『青蔵鉄道』の中でも見かけた経緯を話した。王建軍は「納得出来た」とばかりに大きく頷いた。

「ラサから西寧市へは『青蔵鉄道』を利用するしかありません。往復とも『青蔵鉄道』を利用する手もあったのですが、後の捜査で不審を持たれる可能性も高いと考えました。同じ時期に北京で同業者との打ち合わせがあったため、ラサから空路成都を経て北京に飛び、打ち合わせを済ませた後、北京から空路で西寧市に移りました。その途中で深澤さんに目撃されていたわけです」

王建軍は、テーブルの上に指で位置関係を示しながら説明した。

「『青蔵鉄道』は、言ってみれば密室です。その中で事件を起こせば、発見される可能性は大だと思います。何故この列車を選んだのか。そして、どのようにして張廣年を殺害し、死体を遺棄したのかを教えて下さい」

私の問いに王建軍は再び躊躇する表情を見せたが、自ら大きく頷くと、周囲の男たち一人ひとりに視線を送った。それはあたかも、男たちの決意を確認する儀式のようでもあった。男たちからの言葉は無かったが「覚悟は出来ている」との決意の表情が浮かんでいた。

「仰るとおり、この列車の中で事件を起こすことは危険極まりない暴挙と映ります。しかし、それだけに反響も大きいのです。これを契機に、多くの人たちにチベット動乱の遺恨が未だに残っていることを知ってもらいたい、というのがひとつの理由です。二つ目には中国政府にも、チベット人への迫害がこのような事件を生んだことを分かってもらい、二度とチベット人同士が殺し合うようなことが起きないよう、チベットに対する今後の施策に生かしてもらいたいとの希望がありました」

「……」

「我々の仲間が『青蔵鉄道』の欠陥を入手していたことも、この事件を実行するきっかけとなりました」

「今の中国は、各地の村々から出稼ぎの労働者を募っています。工事現場に配属される者も居れば、工場に配属される者も居ります。たまたま、列車製造の現場にいた仲間が、担当の技術屋から非常扉の回線ミスのことを耳にしたのです」

「それが、走行中に扉が開いてしまう欠陥ですね。しかし、その技術屋さんはどうして改良しなかったのでしょうか」

「二〇〇六年七月一日の『青蔵鉄道』開通に間に合わせるのが第一だったのでしょう。また、非常ボタンを押しながら開閉ハンドルを操作するなどの行為は、普通の人はやりませんので安心していたのでしょう」

「事前に確かめてみたのですか」

「そのようなゆとりはありませんでした。万が一、扉が開かない時には、死体はトイレ内に放置するしかないと思っておりました」

「しかし、扉は開いた」

「私は、張廣年と同業者を装い、周囲の乗客にも聞こえるような声で漢方薬売買の話を続けました。何かあった場合、漢方薬売買に関わるトラブルが、事件の背景にあるのではないか、との疑いを持たせるためです」

「ゴルムドの駅に近づき、降車する前に張廣年を朝食に誘い、食堂車で朝食を摂りました。その折に、『あなたは、インドへの越境者を支援することを口実に、手数料をせしめているだろう。それだけなら許さないこともないが、政府に密告して報奨金まで手にしているだろう』と切り出しました。張廣年は驚愕し、『そんなことは知らない』と大きな声を上げ、そそくさと食堂車を出ていきました」

王建軍は、事件の経過のたびに言葉を切り、周囲を見渡しながら言葉を続けた。

「私は、ゆっくりと彼の後を追いました。六号車で章輝夫が待ち伏せていることを知っていたからです」

王建軍は章輝夫の方に顔を向けた。

「俺は、一般車両で七号車の方に乗っていた。王建軍さんと一緒では目立ちすぎると考えたからだ。食堂車に向かう二人を確認し、戻る時間を想定し五号車と六号車の間のデッキで待っていた。暫くすると、奴が、慌てふためいた様子で通路を走ってきたので俺は、奴に体当たりをかませ『気をつけろ、どこを見て歩いているんだ』などと言いがかりをつけて、奴をひきとめました。そこへ、王建軍さんが到着しました」

章輝夫がぶっきら棒な口調で説明した。

「私が張廣年に追いついた時、章輝夫が張廣年の胸倉をつかみ『お前はどこの車両の者だ。切符を見せろ』と怒鳴りつけていました」

「奴は、余程驚いたと見え、素直に切符を取り出し俺に示しました。俺が切符を改めるような風を装っているところに、王建軍さんが追いついたわけです」

章輝夫がすかさず王建軍の言葉を補足した。

「二人で張廣年を扉の方に押し付け、『どれ程多くの人がお前のために苦境に陥ったり、命を失ったりしたか分かっているのか』などと責めつけました。奴は、しきりに『済まなかった。済まなかった』と謝っていましたが、急に、『この野郎』と言いながら、私に体当たりをして逃げようとしたのです」

「俺は、奴の肩を引きよせ、持っていたチベッタンナイフを奴の胸に突き刺しました。心臓をえぐるように突きたて、直ぐにナイフを抜きました。ナイフを抜いた時に傷口から血がほとばしり出ましたが、直ぐに奴の上着で押さえ、血痕が残らないようにしました」

「その間、私は非常ボタンを押しながら扉のハンドルを操作してみました。驚いたことに、ハンドルが動き扉を開くことが出来ました。開いた扉から奴を押し出したところ、奴の体は吸い込まれるように、外の闇に転げ落ちていきました」

王建軍は、一気に話し終えると、肩で息をしながら器に盛った酒を飲み干した。

「俺は、王建軍さんと一緒に二号車のキャビンに移りました。一等車への入り口では、客室乗務員が切符の確認をやってますから、奴から奪った切符を示して入りました。そして、ゴルムドの駅で奴の荷物を持って降車しました」

私は、ゴルムド駅に着く前に鏡に映る二人を見たことと、ゴルムド駅で改札に向かう章輝夫とすれ違ったことを話した。

「弾みだったとはいえ、俺は、ノルブリンカで一人を刺し殺し、『青蔵鉄道』の中でも張廣年を殺してしまった。今回の事件は、俺一人がやったことにして、皆は逃げてくれ」

章輝夫が、下を向いたまま呟くように言った。

「章輝夫よ。何を言っているんだ。全ての責任は私にある。自首するとすれば、私一人で十分だ。皆には迷惑はかけない」

王建軍が男たちの顔を見つめながら、諭すように言った。

「王建軍さん。貴方こそ何を言っているのですか。我々は同志ですよ。罪を受けるとすれば全員一緒です」

男たちから声が上がった。

再び沈黙が辺りを支配した。

「これから、どうするつもりですか」

私の問いに答える者はなかった。

暫くして、

「公安の方も、事件の概要は掴んでいるだろう。今日明日中には私の事務所へ捜査官が派遣され、そう遅くない時期に、ここにも捜査の手が伸びるだろう」

との王建軍の言葉に、周囲の男たちも頷いた。その顔には、何か吹っ切れた表情が浮かんでいた。

小鳥の鳴き声が届き、闇の帳が消え、地面を這う霧が茜色に染まってきた。

# エピローグ

その日の朝、ラサ市公安部は、警察車両に分乗し王建軍の自宅と事務所や工場を捜査した。王建軍の日誌やスケジュール表などが押収されたが、今回の事件に関する記録や、過去の資料などは見つからなかった。

拘束された王建軍の妻も、厳しい取調べを受けたが、王建軍が一昨日から出張に出ていることは認めたものの、彼の出張先は分からないとの主張に成すすべもなく、彼女を釈放せざるを得なかった。

これと並行して、松村の店にも捜査官が送り込まれた。捜査官は、施錠してある松村の店の扉をこじ開け、内部を調べたが、今回の事件に関わる資料などはあろう筈もなかった。

ラッチエ町に送り込まれた捜査員が、王建軍グループの集落を探し当てたのはその日の夕刻であった。

集落に人影はもちろん、ヤクや羊などの家畜すら見当たらなかった。

後日、中国公安部は、すべての関係者への緘口令を敷いた。

同じ日の朝、私たちは、王建軍のグループと別れ、ラサ市内に戻る道を急いでいた。

誰もが無口だった。

ヤムドク湖は今日も蒼い水を湛え、ヒマラヤの高峰を湖面に映したまま、静かに佇んでいた。

湖を見下ろすカンパ峠に差し掛かった時、

「このまま、ラサには戻りたくない」

突然、呂玲香が泣きじゃくるような声を発した。

松村は無言で頷き、ハンドルを西に切った。


厳冬の稜線に挑む登山者の一団が在った。

ネパールとの国境に近いこの山並みは、アンナプルナ山群やダウラギリ山群を分けるように谷を刻み、遠くインドまで達するカリ・ガンダキ河の源流とも言われるところで、五千から六千メートル級の山々が連なっている場所であった。

特に著名な高峰が聳えている訳でもなく、平凡な岩と氷の山並みが続くこの地は、海外からの登山者の数も少なく、チベットはもとよりネパールにとっても、忘れられた存在の山並みであった。

厳重な装備に身を包んだ登山者たちは、昨日積もったばかりの雪を交代でラッセルし、ルート工作を行いながら鞍部を目指していた。

アイゼンに噛む雪は、キュッ、キュッと鳴り、ネパールとの国境までは残り僅かな地点に達していた。

遠く続く山並みの奥には、真っ白な雪をいただいたチベットの山々が怒涛のように連なっていた。

「いよいよ祖国ともお別れだな」

後方を振り返った男の一人が、立ち止まって呟いた。

王建軍であった。

他の男たちもピッケルを片手にバランスを取り、感慨深そうに目を細めて山並みを見つめていた。その仕草は、故郷の山々を瞼に焼き付けているかのようだった。

男たちが歩む尾根筋の東方に深い谷が切れ落ち、その対岸に急峻な岩山が聳えていた。その斜面には幾つもの岩峰が刺さるように林立し、頂部の岩棚には降ったばかりの雪が残り、あたかも雪帽子をかぶった墓石のように連なっていた。

「おい、見ろ。カモシカだぜ」

頂部に近い岩峰に数頭のチベットガゼルの群れが動いていた。男たちの目が優しくなった。

「こんな所まで苔を求めて登ってきているのか」

男たちは歩をゆるめてその動きを追っていた。

突然、岩棚の雪が粉のように舞い、白い塊がチベットガゼル目掛けて飛びかかっていった。

「ピーッ」鋭い警戒音が発せられ、チベットガゼルの群れが四方に散った。

「雪豹（スノウ・レオパード）だ」男たちから声が出た。

雪豹は絶滅が危惧されている幻の珍獣で、世界でも天山山脈とヒマラヤ山脈の氷河の嶺に生息が確認されているのみである。タイガーなどと同様にネコ科の動物で、タイガーに似た顔や体躯を持つが、顔の斑点は黒っぽく、体長は一メートル五十センチ程度でタイガーより小さい。全体的に白っぽい体毛に覆われ、背には黒い斑紋がある。長くて太いしっぽを持ち、四肢も太く強健で動きも敏捷である。四千メートル付近の氷河の切れ目（スノーライン）に生息し、野生の山羊や鳥類を捕獲して生息しているといわれているが、詳しい生態は分かっていない。

チベットガゼルの群れに飛び込んだ雪豹は、一頭のガゼルに狙いを定めると、岩棚の間を滑るように駆け下りその後を追った。逃げるガゼルとの距離が見る間に近づき、ガゼルに飛びかかろうとした瞬間、ガゼルは岩棚から跳びはねて別の岩棚の上に立った。

岩棚の雪が飛び散り、その粉が扇のように広がった。

男たちは無言のまま、その動きを目で追っていた。

「フーッ」

王建軍が深いため息をついて歩き始めた。

やがて、鞍部の先に、高さ八千百六十七メートルの高峰ダウラギリ峰の先端が見えてきた。

「間もなくネパールの国境に着くぞ」

誰ともなく発せられた言葉に押されるように、男たちは鞍部を目指した。

目の前に立ちふさがる雪の壁が消え、男たちの一行は鞍部に辿り着いた。

遠く、左方には標高八千九十一メートルのアンナプルナI峰を主峰とするアンナプルナ山群が並び、右方にはダウラギリの独立峰が雲を従えて聳えていた。

「ここから、ムスタン王国を通過し、ネパール王国のジョンソン（ネパール北西部の町）に向かう。ジョンソンに着けば、仲間が待っている。そうすれば、インドへの亡命も可能だろう」

王建軍が、ピッケルの先で弧を描くように雪の彼方を指し示した。

「まだまだ安心は禁物だぞ。ジョンソンにはネパール陸軍の駐屯地もあり、警戒は厳しいだろう」

「そこまで行き着ければ何とかなるが、この峠の下りは注意が必要だ。滑落の恐れだけではなく、今日のように好天の時は雪崩も起きやすい」

ラッチエ町で牧童をしていた男が注意を促した。

男たちは、峠を降り始めた。

赤茶けた岩肌を剥き出しにした岩峰が左右に聳えていた。

名も無き岩峰である。

岩峰を形作る岩棚の所々には、降り積もったばかりの雪が、さながら雪のカンザシで岩の面を飾るように垂れ下がり、西からの陽を浴びて輝いていた。

「バーン」大きな音とともに、岩棚の氷が割れ、氷面を覆っていた雪を伴って崩れ落ちてきた。

太陽に暖められた岩棚の氷が融け、氷塊となって落下するブロック雪崩であった。発生したブロック雪崩は、積もったばかりの雪面に衝撃を与えた。

ブロック雪崩の直撃を受けた雪面に、一瞬、横一線の亀裂が走り、音も無く雪面が動き始めた。

峠直下に発生した雪崩は、周囲の雪を巻き込み次第に大きな勢力となって下方へと流れていった。

後には、濛々たる雪煙が残るだけであった。

完

**【著者紹介】**

**杜 あきら**〔本名：毛利 昭〕

昭和18年山形県生まれ
東北大学卒業後、東京都立高等学校勤務
教諭、教頭、学務部副参事、都立高等学校長を経て
（社）全国工業高等学校長協会勤務。現在同協会名誉
会員
この間東日本・全国高等学校土木教育研究会会長、
日本工業教育経営研究会理事などを歴任

主な著作
「はみだし教師ネパール見聞録」（平成22年 産学通信社発行）
「黒部奥山見廻り日記」（平成24年 郁朋社）

チベット鉄《てつ》道《どう》殺《さつ》人《じん》事《じ》件《けん》

2013年3月10日　第1刷発行

著　者 ── 杜《もり》 あきら

発行者 ── 佐藤 聡

発行所 ── 株式会社 郁朋社《いくほうしゃ》

〒101-0061　東京都千代田区三崎町2-20-4
電　話　03（3234）8923（代表）
FAX　03（3234）3948
振　替　00160-5-100328

印刷・製本 ── 壮光舎印刷株式会社

装　丁 ── 根本 比奈子

落丁、乱丁本はお取り替え致します。

郁朋社ホームページアドレス　http://www.ikuhousha.com
この本に関するご意見・ご感想をメールでお寄せいただく際は、
comment@ikuhousha.com までお願い致します。

 ISBN978-4-87302-542-1 C0093